夢路往く

上原照章

表紙は、歌川広重「名所江戸百景」以下「江戸百」「真崎邊より水神の森内川関屋の里を見る図」です。
「江戸百」は広重最晩年の揃物で、総点数は百十九図（二代広重の落款一図を含む）を数えます。

本書の表紙・挿絵・巻末の「江戸百」は全て、東京伝統木版画工芸協同組合制作復刻版伝統手摺木版画を使用しました。

雲の峯　幾つ崩れて　月の山

（松尾芭蕉　奥の細道）

与三郎「……死んだと思ったお富とは、お釈迦様でも気がつくめぇ。よくもおぬしゃア達者で居たなア。
おう、安、これじゃア一分じゃけえられめえ」

蝙蝠安《こうもりやす》「なるほど、こいつは一分じゃけえられねえ」

（与《よ》話《わ》情《なさけ》　浮名横櫛《うきなのよこぐし》　源氏《げんじ》店《たな》妾宅の場）

嘉永期江戸地図

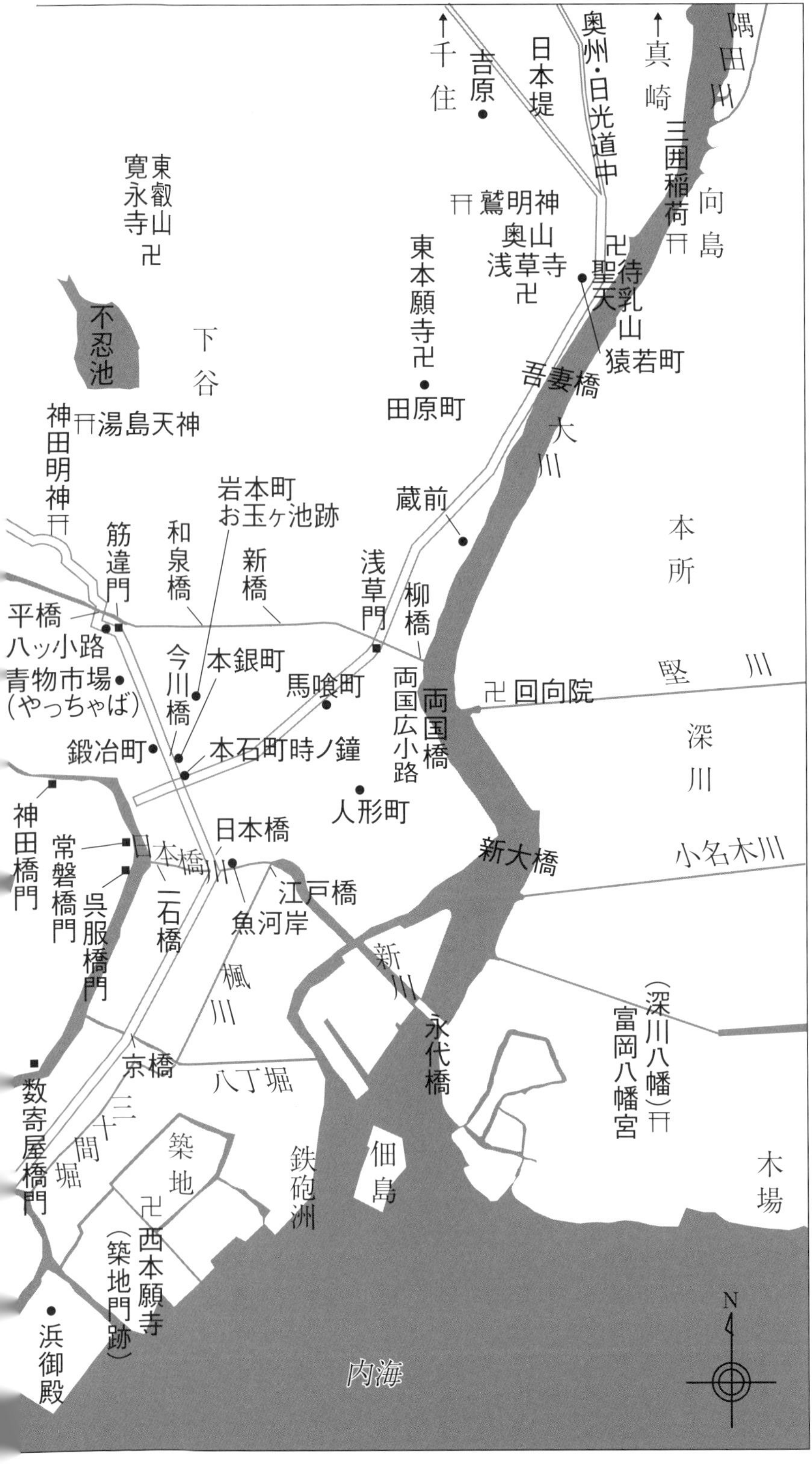

隅田川
真崎
千住
吉原
日本堤
奥州・日光道中
三囲稲荷
向島
東叡山
寛永寺
神明
鷲
奥山
浅草寺
待乳山
聖天
東本願寺
不忍池
下谷
猿若町
吾妻橋
田原町
湯島天神
神田明神
大川
岩本町
お玉ヶ池跡
蔵前
本所
筋違門
和泉橋
新橋
浅草門
柳橋
平橋
八ッ小路
今川橋
本銀町
馬喰町
両国広小路
両国橋
堅川
回向院
青物市場
(やっちゃば)
鍛冶町
本石町時ノ鐘
深川
人形町
神田橋門
常磐橋門
日本橋
日本橋川
新大橋
小名木川
呉服橋門
一石橋
江戸橋
魚河岸
新川
楓川
永代橋
(深川八幡)
富岡八幡宮
京橋
八丁堀
数寄屋橋門
三十間堀
築地
鉄砲洲
佃島
木場
西本願寺
(築地門跡)
浜御殿
内海
N

町村、門、寺社名等は、「江戸切絵図と東京名所絵」（小学館発行）及び「嘉永・慶応新・江戸切絵図」（人文社発行）を参考に記載しました。現代の呼び名とは一致しないこともあります。例えば、「おとりさま」の「鷲《おおとり》神社」は明治元年の神仏分離令の発令以降の名称です。

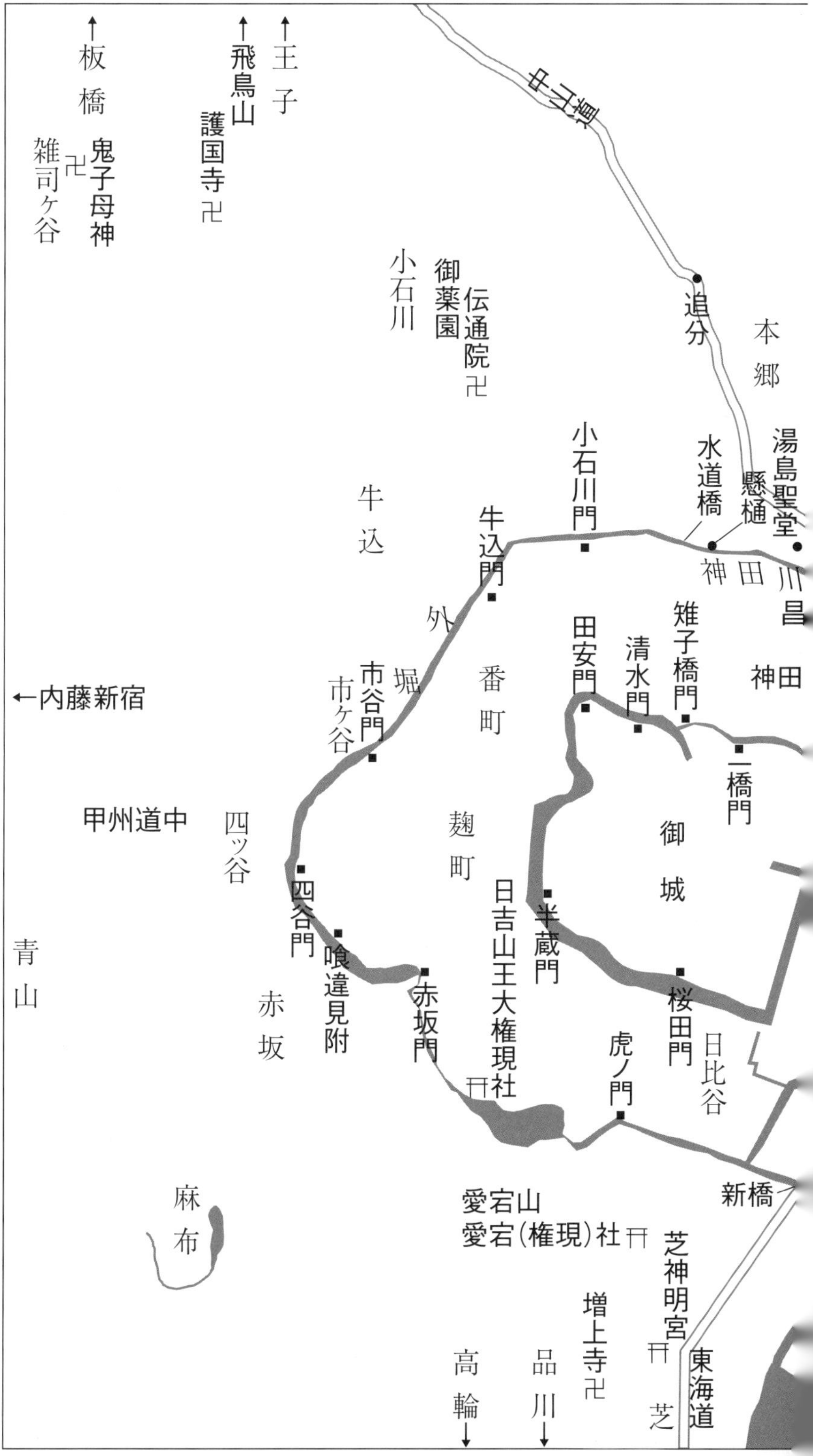

夢路往く／目次

巻末問答／問

今川橋

夢路往く

主な登場人物

庄左衛門（師匠）………狂歌の師匠。狂歌の全盛期を知る粋人。

徳兵衛………………居酒屋「茂里徳」の亭主。

八重（女将さん）………徳兵衛の女房。芝居通で、芝居仕立てで「うめ香」との出会いを仙路に語る。

うめ香（お師匠さん）…八重の話の中だけにでてくる謎の女性。飛び切りの美人。治郎吉に三味線を教え治郎吉から一つの落とし噺を習う。うめ香は八重から貰った「銀の簪」を紛失してしまうが……

牧野　房之助…………神田鍛冶町にある手習所の元先生。算術の大家で今は算術塾を開いている。

花藤　碩之進《せきのしん》…………牧野先生の一番弟子。武士。幼名、一太郎。

仙路《せんじ》……………変わった名だが男。本文の主人公。日本橋本銀町紙問屋の次男。

勝五郎…………仙路の朋輩で大工。小柄だが頭の回転が速い。

佐助・千代・さき・朝吉…牧野手習所時代の朋友。

源次……………八重の死んだ元亭主の弟分。内済の扱い人で対談源次の異名を持つ。

文吾……………源次の仲間で将棋が強い。

関連する実在した人物

茂呂《もろ》　何丸《なにまる》

宝暦十一年（一七六一年）～天保八年（一八三七年）信濃国（信州）水内郡吉田村の生まれ。本名一《いち》元《げん》。数え三十二歳の時、俳諧の仲間へ入る。四十二歳、重病を患い剃髪する。五十九歳、居を江戸浅草田原町に移す。抱儀の庇護を受け著述と俳諧（子弟の月毎の俳諧集も発行）に専念する。六十四歳の時、俳諧大宗匠を、七十二歳の時、俳諧奉行職御代官を仰せつかる。著作は、七部集大鏡、俳諧男草紙、花の賀、芭蕉翁句解参考、他多数。

守村　抱儀《ほうぎ》

文化二年（一八〇五年）～文久二年（一八六二年）本名約《やく》、浅草蔵前の札差。画を酒井抱一、詩文を中村仏庵、俳諧を成田蒼虬に学んだ。何丸の経済支援者。晩年は家業衰えたが、浅草駒形橋近くに庵を設け、俳諧宗匠として後進を指導した。著作は、「抱儀句集」「墨林奇堂」「うしかげ」など。

八代目　市川団十郎

文政二年（一八二三年）～嘉永七年（一八五四年）十歳で八代目を襲名。江戸歌舞伎始まって以来最大級の人気役者。

温厚な性格で、実父海老蔵（七代目団十郎。質素倹約令に触れ江戸十里四方追放になったことも）と異なり、女性との浮名が立たず、生涯独身だった。

次郎吉（橘家小圓太）

天保十年（一八三九年）～明治三十三年（一九〇〇年）湯島切通町生まれ。後の大看板三遊亭圓朝。

本文では幼き頃「うめ香」から三味線を習う。十歳の頃高座に上がった二つ目橘屋小圓太は、即興の三題噺を演じて喝采を博す。この三題噺の中で「横丁の女師匠」の手元に紛失した「銀の簪」が戻る……

一　嘉永六年十一月

雲の峰　お月様いくつ　銀の簪《かんざし》

ヒュウー、筑波東北風《ならい》か、身を切るような冷たい風だ。

嘉永六年十一月、丑寅《うしとら》（北東）からの寒風が神田鍛冶《かじ》町の大通りを吹き抜けていった。「ウー寒《さぶ》」道行く人は、たまらず肩をすぼめる。陰暦の十一月は初冬ではなく、すでに仲冬、冬本番である。

黒船の浦賀沖来航、江戸城下が火の海にと慌てふためく人々、疎開や防火訓練、将軍家慶《いえよし》の他界、売れずに風呂の焚き木になった七夕祭りの竹、台場の築造、冷やかしばかりの吉原、押し寄せる不景気、横行する物取り、揺れ動く江戸の町は今寒さに震えている。

向かい風、冷たい風、世に吹く風も、どこ吹く風、のんきな声をあげて歩く若者がいる。とぼけ面《づら》に大きな図体、だが足取りは軽い。

昼には白いものが舞っていたが、今は雲の切れ間から太った月が時たま顔を出している。

仙路はすこぶる機嫌が良い。隣を歩く勝五郎にさかんに話しかけている。

勝五郎は大工だ。苦しかった使い走りの追廻《おいまわし》奉公が明け、大工箱を肩に乗っけて一年半、親方付けの半人前とはいえ、すっかり職人らしくなってきた。

齢は二十歳で仙路より一つ下。手習所からの昔馴染みだ。子供時分から大人びたところのあるしっかり者で、仙路とは同等以上だ。間違っても「仙路さん」などと呼ばない。

仙路は勝五郎に、〈謎〉をかけているらしい。

「そもそも狂歌とかけて何と解く」

「そもそも狂歌とかけて狂歌を作る仙路と解く」

「その心はなんだんべ」

「その心は、今日か経かと……駄目だ、元へ。えーと、狂歌とかけまして門付《かどづけ》、門口に立つ辻芸人と解きます。その心は（お）ひねりだします」

「師匠宅の床の間の美人画とかけて……」

「雨後の筍と解きます。その心は惚れ（掘れ）ました」

「手習所の牧野先生とかけて……」

「朝時雨《しぐれ》と解きます。その心は、めったに雷を落としません」

よく解ける（融ける）謎解坊春雪《なぞときぼうしゅんせつ》とまではいかないが、勝五郎は即興で何とか答えをだす、出来不出来は別にして。

「もうひとつ、これはどうだ。牧野先生とかけまして二股大根と解きます。その心は慕われて（下割れて）います」

「相変わらず上手いな」

「手習いや先生の〈謎〉ではまだ解けるかもしれない。〈心〉がたくさんありそうだ。仙ちゃん、どうだい、かけてばかりいないで、たまにゃ解いてみろよ。牧野先生か手習所で何と解く」

「……」

仙路には当意即妙など至難の業だ。前もって用意しておかないと話にならない。一晩中ウーウン唸って

〈謎・解・心〉をひねりだしておくのだ。ところが今回用意なし。しまった、と思っても後の祭り、解けるはずもなく逃げの一手しかない。

「牧野手習所では心ある面々にいろいろと助けてもらった。その後みんなどうしているかな。会いたいな」

「仙ちゃん、手習所へ初めて来た日の事覚えているかい。新調の羽二重《はぶたえ》を着てボーとつっ立っていたっけ。悪いが、俺達、古着のほかは着たことがない。『笑っちゃいけない』という先生の顔が笑っていた」

「わちきを、いじめんといて、くんなんし」

仙路は、おどけてみせるしかない。手習い時分の事を突かれると弱い。仙路は入門早々、抜け作仙路とあだ名をつけられてしまった。

仙路より半年前に入門した勝五郎は、この頼りない新入生をかばい、何くれとなく面倒をみてきたのだ。

手習所を出門した後、多少の曲りくねりはあっても、二人の付き合いは続いている。

半年程前に仙路が、渋る勝五郎を狂歌の会に引き込んだ。それが今では、引いた仙路が棒を引かれ、引かれた勝五郎が秀作佳作の釣瓶《つるべ》打ちで大威張だ。

こんな仙路が今日初めて褒められた。

一刻《いっとき》ほど前、日本橋本石町《ほんごくちょう》、桐油《とうゆ》合羽《かっぱ》問屋山田屋庄左衛門宅離れにて。

本石町は仙路の住む本銀町《ほんしろがねちょう》の隣り町だ。本銀町は日本橋の北の端に位置している。

狂歌の師匠庄左衛門は、還暦をとうに過ぎているが、かくしゃくとしている。和漢の書に通じ碩学《せきがく》の聞こえも高い。が、自らの誇りとするものは狂歌だ。大田蜀山人《おおたしょくさんじん》（四方赤良《よものあから》）と何度か顔を合わせ、誼《よしみ》を結んでいたと自慢する。蜀山人は、今や伝説の狂歌師になっていた。

庄左衛門の離れは、外形も中も趣《おもむき》のある造りになっている。この粋人の佇《たたず》まいにそぐわない品がただ一点あった。床の間に掛けられた一幅の軸、美人画だ。山手連（狂歌四方側）に属した絵師が描き、その絵師から贈られたとかで、これも自慢の種にしている。

二十畳の部屋に、老いに若き、男と女、商人武士職人、二十数名が集まる。一月に一回、十四の日の狂歌歌会、名付けて待宵《まつよい》の会、望月に少し欠けるのが風流とのこと。

庄左衛門は、その人柄そのものに表情も穏やかだが、狂歌に対する評は辛辣を極める。狂歌への思いは並大抵のものではなかった。

仙路には当初から「滑稽な着想、軽妙洒脱な表現に欠ける」と手厳しい。

仙路は一度、会心とは言えないまでも、「これはいける」と手ごたえを感じる作ができた。だが、師匠からは「自身の自信作かもしれないが、技巧に走り過ぎ優雅に欠ける」とこっぴどくやられてしまった。さすがの能天気男も、これには参った。ひどく落ち込み翌朝まで一言も発することはなかった。

今日も予めくじを引いて一同が東西に別れ、争う組（順番）も決まっていた。

師匠が組毎にお題を出す。

「次の組も下の句に対する附句《つけく》作りです。ただ、今回は万葉や古今ではなく狂歌を元歌とします。皆さんご存知の通り狂歌三大家といえば、四方赤良・唐衣　橘州《からころもきつしゅう》・朱楽管江《あけらかんこう》ですが、この朱楽管江の辞世の歌です。普通は執着心を捨てるところをひねっているのが面白い」

〈執着の　心や娑婆に　のこるらん　よしのの桜　更科の月〉

下の句〈よしのの桜更科の月〉をそのまま用いて上の五七五を新たに作る、これが仙路の組に与えられた課題であった。

東の仙路は、今回存外早く作ることが出来た。

〈空はるか　心放たれ　夢路往く　吉野の桜　更科の月〉

師匠、庄左衛門は顔をしかめた。口元がかすかに動く。「陳腐」と聞こえた。

対する相手は年のころ三十前後の、おっとりとした女であった。住まいは人形町で、俳諧と和歌には長く親しんでいるという。狂歌暦はまだ浅く、待宵の会への入会は仙路とほぼ同時期だった。話し方に愛嬌があり、優しい口調で短冊を読み上げる。

〈飛鳥山　待乳山《まつち》でも　かなわぬか　吉野の桜　更科の月〉

師匠の口元がほころぶ。

「待乳山といえば勿論〈聖天《しょうでん》さま〉ですが、江戸の中では月見の名所の一つとして数えられています」

「東の組は、ひねったものを普通に戻しただけですね」

〈また負けか。自棄《やけ》のやん八、破れかぶれの夢尽くしで〈夢はるか　夢の夢見て　夢路往く〉の方が良かったか〉

が、あにはからんや、思わぬ結果に。判者の師匠は、東の仙路に軍配を上げた。

「世の中に何が起こっても、あけらかん。日がな一日庭を眺めて季節の移ろいがどうのこうの、この枯れ尾花の私が……〈夢路往く〉か、やはり歌はいいな、一つの歌でこうして行くことがなかった吉野や更科で遊ぶことができました」

相手の凡作に助けられとはいえ、仙路には初めての嬉しい師匠の評であった。

仙路と勝五郎は、本石町の師匠宅を辞して今川橋を渡り、神田鍛冶町の大通りを歩いている。竜閑川《りゅうかんがわ》（神田堀）を境にして、商人《あきんど》・大店の町から職人・裏店の町へと景色が変わる。表通りから一本裏手の路地が下駄新道であり、新道のさらに裏手に牧野手習所があった。鍛冶町はかつて二人が学び遊んだ懐かしい町だ。

向かう先は、鍛冶町から丑寅へ程《ほど》近い岩本町の縄のれんだ。勝五郎が、大工仲間と以前に何回か飲んだことのある店だという。歌会後の勝五郎との一杯を仙路は何より楽しみにしている。

この辺りでは珍しい武家地の一郭《いっかく》を過ぎ、細い路地に入った。古着屋などの小商いの店が軒を連ねている。その外れに〈めし　もりとく〉の赤提灯が見えた。

（ここか）

中は不思議な造りで、土間に机が二つ、床几《しょうぎ》が四つ並んでいる。六人の職人が、履物を脱がずに机に向かって腰かけて飲んでいる。机を挟んで人と人とが向き合う形だ。上がりの間も板の間で、低い台と小座布団が五枚置かれている。三人の男が、屋台で買ってきたのだろう、鯵《あじ》の押し寿司をつまみながら飲んでいる。この店には銘々膳が無いらしい。勝手口から飯台が伸びていて、前に樽が三つ置かれている。

仙路と勝五郎は、やはり履物を脱がずに樽の上に腰かけた。

頼んだ酒と頼んでいない皿が二つ置かれた。賽の目大根・昆布・煮豆の一皿と葱南蛮《ねぎなんばん》の一皿。美味《うま》い。あと肴は目刺しと蒟蒻《こんにゃく》ぐらいしかないという。

痩せぎすの人のよさそうな亭主と、少し不愛想でまめに働く女将《おかみ》さんと二人で切り盛りをしている。

「仙ちゃん、今日は良かったたな。俺も、狂歌が面白くなってきたよ。すまねえが、もう暫く万葉集二巻借りとくぜ」

「いいってことよ、木槌家持《きづちのいえもち》（勝五郎の狂名）。万葉集、五七調か。五七もいいが七五もいいぜ」

「七五って何だい？」

「胸に響く芝居の名台詞よ」

――しがねえ恋の　情けが仇《あだ》　命の綱の　切れたのを……押し借り強請《ゆすり》は　習おうより　なれた時代《じでぇ》の源氏店《げんじだな》……

「話の筋はピンとこないが、これを聞くと背中がゾクゾクする。生世話《きぜわ》芝居も面白いぜ」

「ほう、七五調か。例のやつだな、今年は中村座が大賑わいだったなあ。そうか、世話物七五でゾクゾクか」

「ゾクゾクだ。そう言やあ、勝ちゃん子供の頃〈芝居ごっこ〉好きだったな。弁慶の飛び六法も滅法上手かった」

「ああ、仙ちゃんは下手だったな。俺のだって、みんな人真似の人真似さ。不器用《ぶきっちょ》な仙ちゃんの真似だけはできなかったけどな」

「勝ちゃんは何をやらしても器用だった。うーん？　真似の真似？　本物の勧進帳を観たことがなかったのか？」

「今日まで小屋で本芝居を観たのは市村座の一回だけ。親方が小遣いをくれたんだ。自分の大工道具を持つ前にな」

「見習いだと給金なしが当たり前か。そこで小遣いとは有難かったな。で、芝居の演目は？」

「先代萩《せんだいはぎ》。床下の仁木《にっき》弾正が凄かった。役者は吉三郎。無言で登場、無言で幕外《まくそと》に。妖気漂い背筋が寒くなった。二番目は小野道風青柳硯《おののとうふうあおやぎすずり》で、役者は長十郎だったかな」

「小野道風の本来は書道の大家だよな。確か牧野先生がそう言っていた」

「良く覚えているな。仙ちゃん、ほんとは利口《りこう》だったのか。牧野先生には文を書く手を持たしていただき、その上、小野道風のご教授か。大工職人のこの俺が万葉集を紐解《ひもと》き、算額の問題を解く。牧野手習所は本当に有難かった」

「ああ、何から何まで一から十、いや万まで手習いのお蔭さ」

「ときに、これは前にも聞いたかもしれないが、どうもよく分からない。どうして日本橋の大店《おおだな》の倅《せがれ》が神田まで手習いに来たんだっけ」

「うん、実は牧野先生のところへ来る二年ほど前、六歳の時か、日本橋の手習所へ行ったそうだ。一日で辞めてそれっきり、何があったのか何も覚えていない。後は親に字や算盤《そろばん》を習っていた。その頃は体が弱くて、おふくろは随分と心配したらしい」

「そこまでは聞いている。その後だ」

「それがある時から、食べて丈夫になってまた食べて、今じゃこの有様、無芸大食独活《うど》の大木よ。で、自分から手習いに行きたいと言い出した。ただし、日本橋は絶対に嫌だと。それで牧野先生や勝五郎親分にご指南いただくことにナリ田さん」

「へえ、〈ある時から〉か。ある時ねえ、そこがやはり分からん。仙ちゃん、実は、俺もまだ話してないことがあって……」

と、この時、職人の一団の声が一段と大きくなった。勧進相撲の話で盛り上がっているようだ。

つい数日前の千秋楽まで、本所回向院の櫓《やぐら》は、早朝から、

「ドン　ドドンコ　ドドンコ　ドン」

「天下泰平　天下泰平」

と相撲太鼓を打ち鳴らしていた。

この年の冬場所は、二つの出来事が相撲好きの話題をさらった。一つは、四日目の前頭二枚目六ツヶ峰《むつがみね》（後の大関境川）の対雲竜《うんりゅう》戦の敗戦（寄り倒した雲竜の巨体がかぶさり六ツヶ峰が悶絶《もんぜつ》）とその後の休場。もう一つは、その対戦の勝者、前頭筆頭雲竜の四場所（春冬春冬）連続優勝であった。

「俺は雷電をこの目で見たことがあるぜ。そりゃ強えのなんのって」

「嘘をツキジ（築地）の御門跡。雷電はとっくの昔に死んだじゃないか」

「人の話をよく聞けてんだ。雷電を見たことがあるお年寄りに、直に話を聞いたんだ」

ここまではよかったが、勇み足が出た。

「それにしても六ツヶ峰はだめだったな。雲竜に投げ殺されたっていうじゃねえか」

店の中に穏やかならぬ空気が流れた。

上がりの間から男が、ぬっと立ち上がった。

「聞き捨てならねえ。六ツヶ峰がどうしただとう。ふざけたことをぬかしあがる」

（確かに六ヶ峰は気絶しただけだが……）

仙路は余計な口出しはしない、できない。なぜなら、男は異形……頭は剃りあがり、丸太棒のような体、首がない。が、背丈は仙路とたいして変わらない。五尺八寸といったところか、力士の大きさではない。若い、二十歳代半ばか。よく見れば、どんぐり眼《まなこ》でかわいいと言えなくもない。第一台詞《せりふ》にキレがない。棒読みで無理やり言わされているような感じだ。

だが、誰も笑わない。

異形というのは、手、こんな手を見たことが無い。手の平が途方もなく大きい。広げた扇子のようだ。反《かえ》した手の裏は山のようだ。勝五郎の頭など、片手で捻りつぶされるだろう。

酒の席での戯言、謝るのも癪《しゃく》だし、どうしたものか。連れの二人も助け舟を出さない。本人も言葉が続かず引っ込みもつかず、困惑の色がにじむ。

おかしな沈黙の時間が流れだした時、亭主が顔を出し連れの兄貴分の男を見た。顔見知りのようだ。この男、月代《さかやき》とひげを綺麗に剃り、真新しい紺の木綿に小倉縞帯《こくらしまおび》、身なりは良いがお店《たな》物には見えない。顔にわずかだが剣がある。

亭主が何か言おうとしたが、邪魔が入った。女将《おかみ》さんが歌いだしたのだ。

〽雲だ峰だと　けんかはおよし　坂東《ばんどう》太郎ぞ　雲の峰

（七七七五、都々逸《どどいつ》か。〈雲の峰〉、確かに、夏空にむくむくと盛り上がるあの入道雲こそ坂東一だ。誰も勝てない。雲竜の雲と六ツヶ峰の峰か。こりゃ、俺の狂歌より数段上だ）

続いて亭主が本芝居のお役者よろしく見得を切る。

「明日の大関　六ツヶ峰　投げ殺すとは　ご無体な　どくにどけない　雲のお山　しばし眠りの　うそ鴉《からす》」

駄目押しは女将さん、酔客の一団を押し出した。

「さあ、今日は待宵の月、店仕舞いだよ、一人百文におまけ、さあ、帰った帰った」

酔っぱらいが体よく帰された後、上りの三人組も「こちとらも帰ります」と腰を上げた。兄貴分は「ごちそうさま」と勘定を払い、丁寧に頭を下げた。

「親父さんご無礼しました。姉《あね》さんすいませんでした」

（ん、姉さん？　……あの男《ひと》どこかで会ったことがあるような気がする……それに、ここの親父さんも誰かに似ているかな？）

客二人だけが残された静まり返った居酒屋で、仙路が口を切った。

「待宵の月の日は、早い店仕舞いなんて習わしありましたっけ」

「ある訳ないさ、口から出まかせさ。逆に店仕舞いしない二十六夜待《にじゅうろくやまち》はあるよね。死んだ前の亭主は、若い衆を集めて騒ぐのが好きだった。二十六夜は七月に限らず毎月よっぴて飲んでいた。おっと、今の亭主、ここの親父も庚申の夜（六十日に一回の庚申講）は寝ずに騒いでいるから同じようなものだね」

「雲の峰とは上手いですね。女将さん、都々逸のお師匠さんですか」

「そんな訳ないでしょう。それに都々逸は寄席芸じゃないか。〈白だ黒だと　けんかはおよし　白という字も　墨で書く〉のもじりだよ。それより、あんた達こそ季語を知っているところをみると俳諧でもやるのかい」

「今日は、季語とかの決まりに縛られない狂歌の会の流れなんです」

「え、きょうか？　そりゃ珍しい。驚きモモノキだね。お前さん、この人たち狂歌だってさ」

亭主が酒の入ったチロリを手に中から出て来た。

「これは俺の奢《おご》り、飲んでくれ。いまどき狂歌とね。あの江戸中吹き荒れた狂歌の嵐はどうしたかと思っていたが、まだ風は止んでいなかったのか。失礼だが、料亭帰りには見えないが」

「ご冗談を。師匠のお宅で、お茶だけで。師匠から昔の話はよく聞いています」

女将さんが尋ねる。

「狂歌といえば必ず、俳号、いや雅号、え？　狂名？　ああ、狂名が付くよね。宿屋飯盛《やどやのめしもり》とか花道つらね（五代目市川団十郎）とか。勝五郎さんの狂名は？　イエモチ？　どの字？」

勝五郎は矢立《やたて》を出し懐紙に、木槌家持と書き〈きづちのいえもち〉とふり仮名を振った。

「なるほど家持《やかもち》じゃないんだね。で、そちらの、ああ、仙路さんは？」

「あっしは、雪花菜《きらず》（おから）与太といいます」

この年の春、猿若町《さるわかちょう》中村座は連日の大入りとなった。〈与話情《よわなさけ》浮名横櫛《うきなのよこぐし》〉がかかり団十郎の〈切られ与三《よさ》〉が大当たりとなったのだ。とりわけ二幕目〈赤間別荘の場・与三のさいなまれ〉と三幕目〈源氏店の場・与三のゆすり〉は爆発的な人気を呼んだ。

「キラズはキラレ、ヨタはヨサのもじりだね。これも面白い」

女将さん小首をかしげて、

「だけど、どちらかと言えば、成田屋（八代目市川団十郎）は勝五郎さんのほうだね。職人の割には落ち着いている。まあ品もある。姿がいい。澄んだいい目をしているね。ただ、顔が小さいのが惜しい。せめて仙路さんの長さだけでもあったらいいのに。それこそ八代目なんだけど」

（なんだよ、せっかくいい気分だったのに、面白くないな。おっと、勝ちゃんまで立ち上がって役者の気分かい）

亭主に向かって、

「茂里徳一の　名物を　食わせてやって　アおくんなせい」

「おや、蕎麦がでていなかったか。すぐ用意するよ」

仙路は怪訝《けげん》そうな表情を浮かべ、それを見た勝五郎は相好《そうごう》を崩した。仙路が蕎麦っ喰い、大の蕎麦好きなのを知っていたのだ。

仙路は、江戸中に足を延ばして蕎麦を食べ歩き、馴染みの店も何軒かできていた。近頃は、しっぽく・花巻きだけでなく、天ぷら・玉子とじなどと種物の数も増えてきた。はしご酒ならぬ蕎麦のはしご食いをしたり、うだるような真夏にわざと、ぶっかけ蕎麦を注文したりで、蕎麦だけで結構楽しめる。居酒屋でどんな蕎麦を出すのかと楽しみに待っていると、「お待たせ」仙路の前に茶碗が二つ置かれた。

（なんだこれは）

仙路の思いとは別の代物であった。

一つの茶碗には、練り物のひとかたまりが入っていた。蕎麦切りはどこにも無い。これが蕎麦《そば》掻《が》き、蕎麦粉をお湯で混ぜ練り合わせたものか。もう一つには白い汁がたっぷり入っていた。大根の絞り汁だ。茶椀の端に味噌が付けてある。

期待外れでがっかりの仙路だが、甘い蕎麦の香りに誘われて口に入れると、これはこれで悪くない。汁が飛び切り辛い、頭の天辺までしびれるようだ。涙が出てくる。汁に使う大根は、練馬ではなく板橋からの取り寄せだという。不思議や不思議、味噌を溶かすと甘くなる。味噌はちょいとつまんで、酒の肴にもなる。

（なるほど、これが勝ちゃんの言う茂里徳名物か）

仙路と勝五郎が、うまそうに食べるのを見ながら、亭主と女将さんは交互に楽しそうに語りだした。

〈大根時の医者要らず〉大根を食べれば腹の調子が良くなる。大根汁をきれいに飲めば二日酔いにならない。蕎麦も体に良く、江戸患い（脚気）の防ぎになる。この蕎麦の食べ方は、亭主の生まれ故郷信州は松《まっ》代《しろ》のものだ。亭主の名は徳兵衛、女将さんは八重。茂里徳の〈もり〉は、徳兵衛の母の故郷、信州安茂里《あもり》村から取った。

勝五郎が「俺は明朝から仕事、朝起きは三文の徳」と言って帰ってからも話は続く。女将さんも北信州の出とか。偶然二人は同い年でなんと四十五歳。小柄で化粧気ないこの女将さん、とても美人とは言えないが年齢《とし》よりずっと若く見える。

「火の用心、火の用心しゃっしゃりませえ、カチカチ」

番太郎（木戸番）が打つ拍子木の音が聞こえる。徳兵衛が真田六文銭の話を始めた。

（こりゃいかん。木戸を閉められてしまう。閉められると面倒だ）

冬の夜の一刻《いっとき》は長いといっても、石町《こくちょう》（日本橋本石町）の時ノ鐘が五ツを知らせてから半刻《はんとき》以上は経っただろう。

仙路は「この続きは明日にでも」と仕舞太鼓を叩いた。

「ご馳走様」と礼を言い、油障子を閉めて仙路は気が付いた。

（そうか。ここのご亭主、誰かに似ているかと思ったが、牧野先生だ。齢も顔も全く違うが、話し方だ。一つ二つと間を置いてゆっくり噛みしめるように話しかける、あの話し方だ。先生はその後どうされているのだろうか、俺達の出門と時を同じくして手習所の師匠をご友人に任されたが）

雲がすっかり消え、冴《さ》えた月の光が町の路地を照らしている。仙路は、懐から手拭いを出して〈切られ与三〉よろしく頰被《ほおかぶ》りに。手はそのまましまい込み、台詞だけは江戸っ子で、

「てやんでえ、酔い覚ましに丁度いいや。お月さんありがとよ、足元照らしてくれて。闇夜はご勘弁。ようし、家までひとっ走りだ」

鴉《からす》カアで夜が明けて、昼過ぎに仙路は、さっそく茂里徳へ顔を出した。徳兵衛は「やあ、いらっしゃい」と言ったきり、中へ引っ込んでしまった。

客は他に誰もいない。酒と蕎麦掻きを注文し、

「女将さん、芝居はよく観るのですか」

と水をむけると女将さん答えて、

「皆、芝居は大好きさ。仙路さんの母御も芝居好きだろう?」

「はい、猿若町へ月に一度は行ってるようです」

「私は、つい先だって河原崎座さ。

――すわといえば晴れの草履ひっつかまん……

鬼一《き》法眼三略《いちほうがんさんりゃく》 巻《のまき》をうちの人と観て来たよ」

「十一月恒例顔見世の替り狂言ですか」

「いや、顔見世といっても、ここ数年ですっかり様変わりしちゃったからね」

「江戸の花といわれた豪華な飾り、顔見世狂言の約束ごとは昔の話ですか」

「ああ、しかも今年は黒船騒ぎがあってか顔見世自体が無いようだよ。でもね、実際の舞台はやはりすごいね。朝から日が暮れるまで丸一日楽しんだよ。衣装を着け小道具を使った舞台は華やかなものだね。それに〈半畳を入れる〉とは聞いていたが賑やかで驚いたよ。『引っ込め大根、テキパキしねえかデコ助《でえこ》』とか『名題の看板が泣くゾ』とかね」

「あ、あの、アイヤ暫く、話がどうも。女将さん、芝居見物初めてじゃないですよね」

「ふふふ、木戸銭を払って観たのは初めてさ」

「木戸銭初めて？　木戸を通らず桟敷席《さじき》？　それとも舞台の後ろから見るヤツ？」

「桟敷席なんて高直《こうじき》高値で高嶺の花さ。吉野や羅漢台も木戸銭は払うでしょ。ニカイ（中二階の上）の楽屋だよ」

「楽屋？」

「ある手づるで、〈付け立ち〉とかの芝居の稽古を只《ただ》で見せてもらうのさ。一度だけ初日の前日楽屋へ入れてもらったこともある」

「初日の前の日？」

「総浚《そうざら》いといって芝居の最後の稽古を観たんだ。立作者に座元と頭取、それに時には座頭も、芝居のお歴々が並ぶその後ろでね。ニカイ全体がピーンと張り詰めた空気になって、こっちまでえらく疲れたわ。まあ、楽屋に入れたお蔭で時代物や義太夫・清元・鳴物にも随分詳しくなったよ」

「ああ、なるほど楽屋雀ですか。芝居通にもなりますね」

「雀ほどうるさくはないよ、目白《めじろ》か鶯《うぐいす》にしてもらいたい。そうだ、清元に良き声といえば、そりゃ綺麗なお師《し》匠《ょ》さんと知り合いになってね」

「清元の師匠ですか」

「一度だけお師匠さんのお宅でお茶をいただいた。そぞろ、あの時の事を思い出すよ。品の良い水羊羹《ようかん》の脇に添えられていた黒文字には面喰った」

「黒文字？　ああ、楊枝《ようじ》のことですね」

「楊枝？　楊枝は口の中を綺麗にするための物じゃないのかね。お菓子の横の皮付き楊枝を、あの時江戸へ来て初めて見たよ」

「お客に出す菓子には付き物です」

「ツキモノ？　狐にでも憑かれたかね？　ふん、分かっているよ、付き物だろう。にしても楊枝じゃ話が小さい小さい。私しゃ黒文字に囲まれて育ったものさ」

「黒文字に囲まれる？　どういうことで」

「生まれた家の柴垣は黒文字の干した枝だった。箸《はし》も黒文字さ。仲良しと里山で遊ぶ楽しみの一つに黒文字探しがあった」

「黒文字の木の実、食べられますか」

「この人は食い気だけだね。え？　黒い花？　花は白文字と同じで黄色。黒文字と言ったら香、香だよ」

「黒文字も香木か。黒文字を焚くという話は聞きませんが」

「本当は枝をむしり皮をはがすんだろうが、いいとこのお嬢様は、私のことだけどそんな因業《いんごう》な真似はしない。葉のついた茎を折ると、それは爽やかな香りが鼻腔をくすぐる。小枝を髪に挿して長く香りを楽しむ。この話をしたら、お師匠さん、一瞬だけ仙さん顔になって、間の抜けた声で『私も付けてみたい』だってさ」

「はいはい、呆《ほう》けた顔《つら》と間抜け声で悪うございました」

「お師匠さんは、黒文字の原木など見たことが無く、童が野山を駆け巡る姿なんて思い浮かばなかったのさ。本物のお嬢様は、三味線《しゃみせん》・踊・花にお茶、お稽古、稽古で明け暮れたのだろうね」

「通いの旦那はいたんですか」

「いたとは思うけど……そういえばお師匠さんとは立ち入った話をしたことが無かった。生れとか、子供の頃とか、そう、そんなに親しくはならなかった。でも今でも、しょっちゅうあの時のことを思い出す。

三味線、芝居、白や黒、何かにつけてね」

「私も肝心なことはみんな忘れて、どうでもいいことを良く覚えています」

「確かに不思議だよねえ。じゃあ、ちょいと、このお師匠さんの話でもしてみるかね。どうでも良い話をね」

——とざい、とーざい

女将さんが語る〈横簪余話《よこかんざしよわ》〉は幕が開く。

序幕　清元師匠宅の場

日差し眩《まぶ》しい初夏の午後、江戸は神田同朋《どうぼう》町の路地。正面やや右手、白壁に黒塗りの塀、見越しの松、玄冶店《げんやだな》の妾宅の体《てい》よろしく。

三味線の音取りで幕が開く。

塀の前を行きつ戻りつ、立ち止まっては中の様子を伺う、何やら落ち着かない女一人。四十路《よそじ》前後か。女の名は八重。中から三味線の音色、続いて節に合わせて唄が流れる。八重の顔に喜色が浮かぶ。高く張りのある声。清元、山姥《やまうば》か。八重、うっとりと聞いている。


八重がたまたま神田明神下の通りを歩いていると、三味線の音が耳に入り興をそそられた。路地に入り、音が漏れてくる屋敷の前で足を止める。ふと我に返ると、すっかり聞き惚れ、一人たたずんでいる自分がいた。それから時々この屋敷に足を向け勝手に立ち聞きしていたのだ。

急にパタッと三味線の音が止まった。

「しまった」姿を消せるものなら消したい。格子戸が開いた。後ろから声がかかり、立ち去ろうとする八重は呼び止められる。

「辻話もなんですから、中へどうぞお入りください」

思いもよらない成り行きに、八重は戸惑う。顔が火照る。中から外は見えないはずだが。

声の主は美人だった。錦絵美人画から飛び出したような美人だ。齢は三十半ばか。細面で鼻細く色白、化粧は薄い。利口そうな目をややふっくらした唇が和らげている。艶やかだが凛としている。

誘われるままに塀の中に入ると松の見事な枝振りが目に入る。庭師が季節ごとに手を入れているのであろう、整然とした庭が奥に広がる。玉砂利を踏み表戸へ進む。八手《やつで》が、大きな手の平を広げて客を迎える。上り框《かまち》の横を見ると竹で編んだ上品な花入れが置かれている。藤撫子《なでしこ》の花が心を和ませる。

盆手前でお茶を立てていただき、しばし草花の話に。話題が芝居・清元に移ると、どうも勝手が違う。普段相手にしている連中とあまりに違う。次第に息苦しくなる、話の継ぎ穂がみつからない、つい口にでたのが、

「童歌《わらべ》で、先程の清元にもでてきた〈お月様いくつ十三七つ〉ですが、どういう意味ですかね」

「さあ。唄の調子で、あまり意味は無いようにも思いますが」

「月が顔を出したが、早過ぎる。まだまだこれから、つまり十三夜の七ツ時のことだと私は思います」

とんだ野暮だ、人にものを聞いておいて、我を通すとは。始末に負えない。さすがのお師匠さんも少し困り顔になり、

「確かに、〈若いぞよ月の御年《みとし》の十三夜〉という句もありますが……実は私、十三七つは、幼くして亡く

した子供が生きていたら……仮の齢のような気がするのです」

するとお師匠さん、手元の三味線を手にして、糸巻・棹《さお》・胴を布で拭き、三本の糸を伸ばした。

「どなたも御存じのあの童歌を歌います」

さもない童歌が全く別のものになった。しんみりとした楽の調べだ。八重には、一つの情景が浮かんだ。

姉が弟の手を取って、お月様を指さしている。

『お月様いくつ』

真ん丸お月さん、笑っていて何も答えない。弟の顔が少し曇る。すると真ん丸お月さんが、真ん丸お母さんになって、

『おたみちゃん、いくつになったの。そう、十三歳。吉ちゃんは七つ。二人とも大きくなったわね。おたみちゃんはそのうちお嫁に行くのね。二人いつまでも仲良く元気でね。お母さんはいつも二人と一緒よ』

お師匠さんは、三味線の糸を緩め、布で丁寧に拭き袋に閉まった。八重は静かな感動の余韻に浸《ひた》る。芸の力は恐ろしい、本当に恐ろしい。

お月様の話の後は、差し障りのない話をして帰った。勿論立ち聞きは止めた。代わりに月二回必ず顔を出した。

近所の人を庭に入れての弟子の発表会〈月浚《つきざら》い〉が清元と長唄に分けて行われていた。お師匠さんは、中棹の清元三味線を細棹の長唄三味線に持ち替えて長唄も教えていたのだ。弟子の層はまちまちで、女の弟子も大勢いた。

その後は時候の挨拶を交わす程度の付き合いであったが、八重はこの月浚いの日の訪問を欠かすことは

なかった。

そんなこんなで一年は経ったであろうか、夏の日の午後、お師匠さんが八重の家を訪ねてきた。突然の訪問に驚いたが、訳を聞いてさらに驚いた。近々木更津へ引っ越すという。わざわざ暇乞《いとまご》いに来てくれたのだ。弟子にもならず勝手に押しかけていただけなのに。

驚き恐縮する八重に向かって、お師匠さんは思いがけないことを口にした。

「踊りを見ていただきたいのです。御愛嬌に一差し舞います。長唄舞踊〈田舎巫女《いなかみこ》〉です。三味線は勿論、弓・矢・鈴・おかめのお面・替えの衣装の用意もありませんが」

お師匠さんは、簡単な断りを入れると歌い踊り出した。

〽京で大原　下《しも》で大阪の綿屋町　江戸で亀戸梓《あずさ》巫女……恋の手管《てくだ》に手の筋も　始めて文の封じを解く……

お師匠さんは、かわいい田舎娘になり、娘は巫女になって明るく軽妙に踊る。目の配り、指先、足の運び、首の傾《かし》げ方、動きに一分の隙も無い。

〽……おかめおかめと皆人毎に　文に玉章《たまずさ》下んした　おちゃっぴい　何じゃいな……

剽軽《ひょうきん》で賑やかな楽しい踊りだ。

〽……弾くや三味線の　見世清掻《すががき》の　互い違いの床の中《うち》……

おどけてみせる所作の中に、少し媚《こび》の色を含ませる。品の良さは失っていない。たおやかな身のこなしに見とれるばかりだ。

「本来は狐の正体を現して終わるのですが、今日はできませんでした」

と頭を下げられても八重は、すぐには言葉を返せない。

「……狐は、もうご容赦願います。驚きました。狐につままれたような心持ちです」

「え、あ、はい。私は踊りが一番好きなんです」

「そうでしょうね、今の踊りを見ればわかります。でも三味線は？」

「三味線には撥《ばち》や弦があって難しいのです」

「お師匠さん、長唄三味線のお名取《なとり》じゃないですか。お師匠さんの三味線は人の心を引き付けます」

「芝居の勧進帳で舞台正面松羽目《まつばめ》を背に弾くのも三味線。宴席の『お賑《にぎ》やかに』も三味線。文楽三味線の太棹も三味線。ですが私は、街中で、どこからともなく流れて来る、聞くともなく聞く、そのまま流れていく、こんな三味線《しゃみね》の音が好きです」

ややあって、八重は、用箪笥《ようだんす》に手を伸ばした。引き出しから取り出された一輪の簪《かんざし》が鈍い光を放つ。

「餞別《せんべつ》代りに持って行って下さい」

お師匠さんは、簪をじっと見つめて何も言わない。顔が険しい、怒っているのか。

玉の飾りなどついていないただの平簪。何の変哲もない梅の意匠ながら、細工が少々凝っていた。八重の亭主が知り合いの錺《かざり》職人に頼んだものだ。

八重が何か言おうとした、その時、

「有難く使わせていただきます」

と、懐から半紙を出して丁寧にくるみ胸の中へ。

「江戸に戻った時は、また伺います。これでお暇します。どうぞお健やかに。どうぞお達者で」

外は変わらず夏の日差しが降り注ぎ、珍客のくっきりとした影を地面に落としていた。

八重は呆然《ぼうぜん》と立ち尽くす。お師匠さんは、何度も振り返っては頭を深々と下げ、

──下手に消えていく。
──チョンチョンチョン
柝《き》の音《ね》が響いて幕が閉まる。

仙路の頭の中は、〈お月様いくつ〉から〈月〉で一杯になってしまったようだ。

(万葉人も月を数多く詠んでいる。月はいつ生まれたのだろう。古《いにしえ》の古……古からの月の光……月の満ち欠け、時の流れ、時の始まり……)

「女将さんはお月様が随分とお好きなようで、俺も好きですが。『名月を取ってくれ』と泣いた子、女将さんでしたか」

「仙さん、一茶《いっさ》かね。冗談のつもりかもしれないが面白くないよ」

「すいません」

「この三文芝居には、後日の段(談)があるのだけど、仙さんどうする」

「是非幕を開けて下さい」

そう言うしかない。

お師匠さんが木更津へ発ってから約半年後、八重の亭主が急に亡くなった。悲しみに暮れてばかりいられない。日々の暮らしが大変だ。知るべを頼って金目の物を整理したり、近くの小振りな家に引っ越すやらで、気忙しい毎日が続いた。

やっと落ちついてきた頃、用事を済ませて家へ帰ると、お隣が海苔の土産を預かっていた。「うめ香より」と添え書きがある。それは綺麗な女の人が、八重の住まいを尋ね、訪ねて来たのだという。

お師匠さんだ。名はうめ香だったのか。

まだ一刻は経っていない。八重は、帰るのがもう少し早ければと悔やんだが、不意にある言葉が浮かんだ。今は名のみの、お玉が池。

足は玉池稲荷へ向かった。勿論境内にお師匠さんの姿などあるわけがない。あてなく近くをぶらついても巡り会うはずもない。どっと疲れが出た。お腹《なか》もすいている。考えたらお昼抜きだった。

二幕目　玉池稲荷近くの飯屋の場
下手迫《したてせ》りからの間延びした三味線の音で幕が開く。
正面少しく下によせて古びた飯屋あり。上の方に出入りの縄暖簾《のれん》口、口近くの床几に女が一人腰かけている。
上手より八重が姿を現す。

食べ物屋らしき店が目に入り、八重は心ふらふら足下《あしもと》ふらついてそのまま店の中へ入る。土間に机と床几が並ぶ変な造りの店に。

奇の字喜の字の大喜び。お師匠さん、うめ香が床几に腰かけていた。仙路が今座っているその席に。

うめ香は悔やみの言葉を述べると、なぜか頭を下げて謝る。

「事の由も知らずにいて残念なことに」

詫び言を繰り返す。

「大切な思い出の品、お返しすることもお見せすることさえ出来なくなりました。簪を失くしたのです」

「何もお詫びだなんて……」

「何だか私の気持ちが……小話を演《や》ります」

「え？」

「お許しください、ほんのお慰みに。今日お会い出来たのも不思議な縁《えにし》、手すさびに小話を一つ習いましたので」


うめ香の小話の師匠は七歳の童だという。


うめ香との再会の日を遡ること数年前、湯島切通町の音曲師と称する男が息子を連れ立って、うめ香のもとを訪れた。年季の入った三味線を手にした男の風体は、どこから見ても道楽者や放蕩者のそれであった。男は深々と頭を下げて、こう言った。

「此奴《こいつ》、次郎吉にどうか三味線を教えてやって下せえ。前座小圓太《こえんた》の名で高座にのぼったこともあるが、今は降りてそのままです。此奴の母親と兄貴が寄席芸人になることに大反対でして、俺みたいになってしまうと。三味線はいつか何かの役に立つ。俺は訳があって教えてやれねえ、せめて親らしいことのひとつでも、用意した膝附《ひざつき》（入門料）はこれだけですが。此奴は天神様の神楽囃子《かぐらばやし》を聞いて育ちまして、そう、住まいは天神様女坂が目の前で、こちらからは近くです。俺の代りに是非お願いします。清元と長唄の掛合い〈喜撰《きせん》〉を自前で演じられるまで頼みます。喜撰を絡めた音曲噺は一通りできているんで」

この小さな弟子から逆にその音曲噺を口伝で教わることにした。小さなお師匠さんの語り口は、なかなかどうして、堂に入《い》ったものだった。

弟子としての次郎吉は、おとなしく素直な性格で三味線の筋も良く上達が早かった。弟子の弾く音が三味線らしくなった頃、うめ香の噺も様になってきた。

次郎吉はその後、正式に二代目三遊亭圓生の内弟子となったという。


うめ香は微笑みを浮かべて言った。

「二つ目に昇進した時、殊勝にも一人で挨拶に来てくれました。次郎吉さんの満面の笑顔を思い出すと、こちらも幸せな心持ちになります」

この前座から仕込まれた小話を今、八重と亭主二人の前で、三味線抜きで披露するというのだ。

「ご亭主、お酒をください」

「酒は売物じゃないからこのお代はいいよ」

「ありがとうございます」

出された酒をグイグイと二口あおり、うめ香はキッと前を向いた。本気《まじ》だ。


ピー、シャカシャカ、チンチン、ヨ、ピーいきなり口三味線・口笛から枕が始まった。

〽世辞で丸《まろ》めて浮気でこねて、小町桜の眺めに飽かぬ……

〽わしは瓢簞《ひょうたん》浮く身じゃけれど、主は鯰《なまず》の取り所……

「えー当節、唄や三味線を嗜《たしな》みたいと音曲の女師匠に弟子入りする人が多いのだそうで……」

話は、笑いを誘い、よどみなく進む。

少し間の抜けた辰吉の鼻は上を向き、持っている金はたったの三十銭。その辰吉がご隠居に、女にもてるにはどうしたらよいかと聞くと、長唄の一つでも覚えなさいと横丁で人気の女師匠を紹介される。膝附をご隠居から借りて入門するが、これがとんでもない調子外れ。今日も高い声が出るようにと屋根に登って唸っている。

稽古場での面白おかしいやり取りを交え、話は下げに入る。

「辰っちゃん、危ねえじゃないか。高いところで何やっているんだ」

「喜撰だよ」

「きせん？　きせんって何だよ」

「ひょうたんなまず？　何のことだよ」

「瓢箪鯰の話さ」

「俺にもわからねえ」

「どうしてさ」

「中身が無く捕えどころがありません」

「お後はありませんが」うめ香は残りの酒を三口で飲み干した。亭主は「やんややんや」と褒めそやした。

辰吉の登った屋根の後ろには、そうとは言わなくても、満天の星が瞬《またた》いていた。「辰ちゃん、屋根から落ちるな、気を付けて」八重は心の中で呼びかけた。女の普通の声がご隠居の声になった。横丁のお師匠さんは、うめ香とは全く別人で性格も顔も違っていた。

おかしな造りの食べ物屋、不思議な再会、玄人はだしの落し噺。頭がクラクラ、八重は軽いめまいを覚えた。

三味線の音が聞こえた。

聞こえたような気がした。「夢のようだ」八重はつぶやいた。撥の苦しみも、弦の悩みも、細棹の迷いも、中棹の衒《てら》いも、何も無かった。音だけが有った。しっとりと物悲しい音、明るく華やかな音、三味線の音が、すっと体の中を通り抜けて流れていく。どこまでも、空の遙か彼方まで……


取り留めの無い想いに沈む八重の耳に、うめ香の声。

「じゃ、わたしはこれで」

と腰をあげる様子。肝心な話がまだだ。

「木更津にお帰りですか」

と聞くと、

「木更津には一旦戻りますが、早々に遠江《とおとうみ》へ向けて出立します。しばらくは江戸に戻れないかもしれません」

「と、遠江……では、改めていつの日かゆっくりと。ですが、一つ障りがあります。今は仮初《かりそめ》の住まいなので、すぐに出なくてはいけません。どこへ行くかも分かりません……それじゃ、この店で会うことにしましょう」

八重は、それからずっとお師匠さんをここで待っている。

——まず、こんにちはこれぎり。

「……そうすか。お師匠さんが江戸に戻り訪ねて来るのを待っている……ここ茂里徳で」

「ははは、半分冗談だけど。そうだね、あの時お師匠さんの、

『どうして酒を出さないのか』

に亭主が答えて、

『俺は客あしらいがうまくないから、あんたが店番やってくれれば明日からでも酒を出すよ』

そこへ私が出しゃばった。

『物事には釣り合いというものがある。その話私が引き受けるよ』

次の日、さっそく押しかけて今日までそのままさ。これは本当の話」

仙路は蕎麦搔きを好きになった翌日、蕎麦搔きを作って客に出す一風変わった夫婦を好きになった。

(小圓太の名が出た……あの二つ目小圓太だろうか)

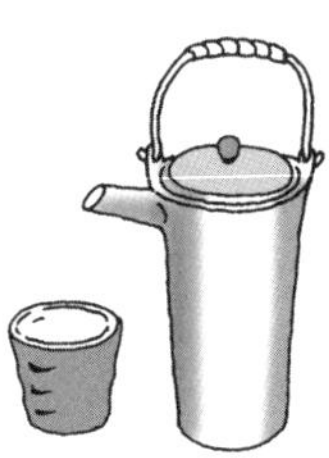

チロリ

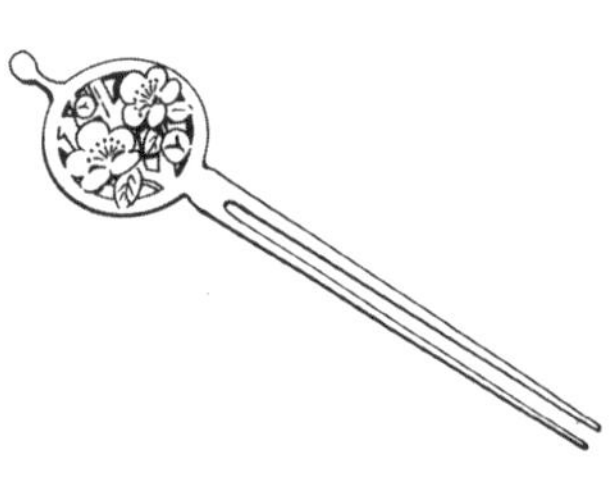

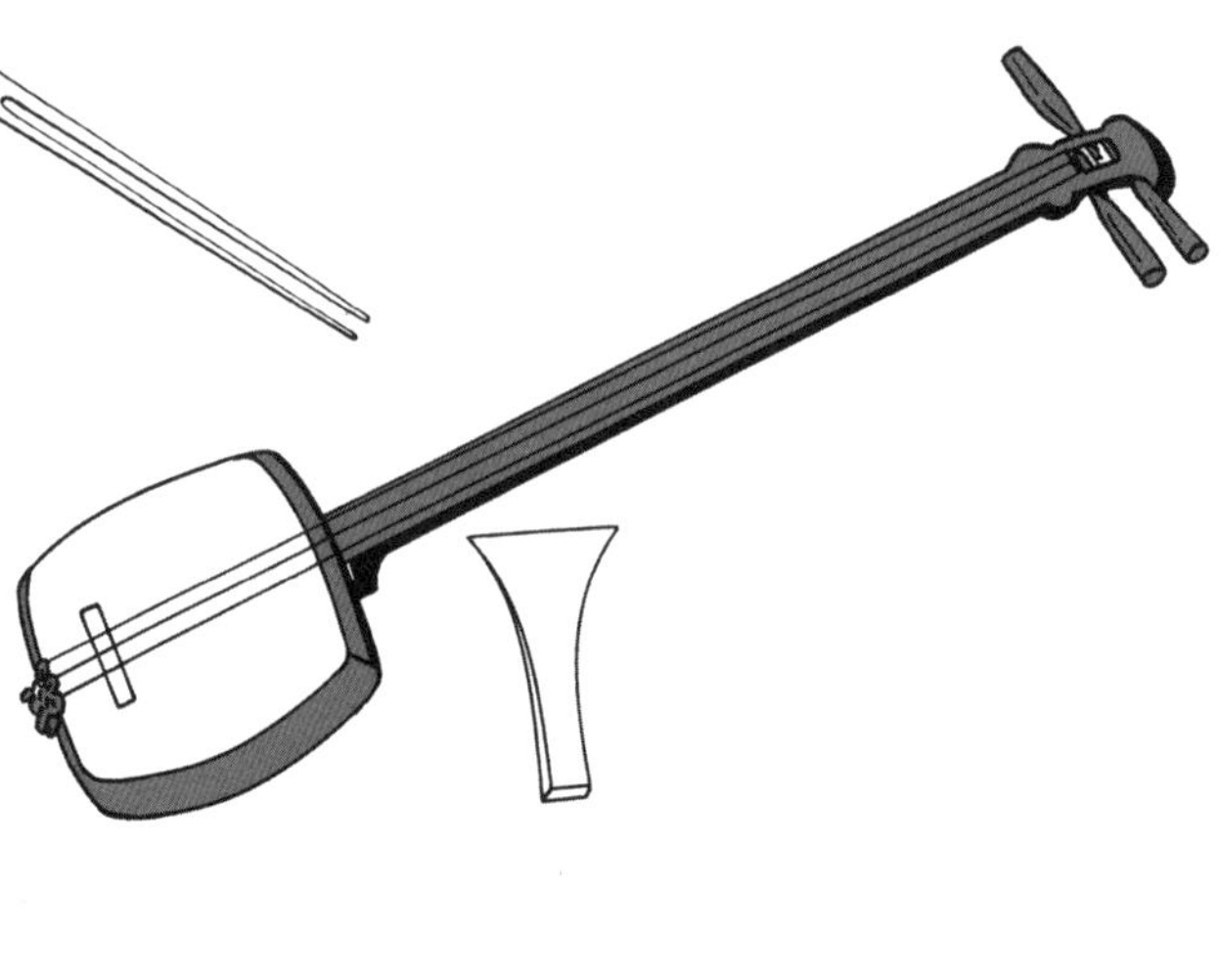

「江戸百」隅田川水神の森真崎

「江戸百」の遠景に筑波山が描かれた図は11点あり、富士山に次いで多い。筑波山は江戸の人々にとって馴染み深い山であった。

「江戸百」両ごく回向院元柳橋

回向院（明暦の大火による死者追福のための無縁塔が始まり）境内に組まれた相撲櫓から、天に向かって白い梵天が掲げられ、勧進相撲の晴天興行を知らせている。明け方の大川を渡る一番太鼓の響は江戸の風物詩の一つだった。

二　嘉永七年二月

牧野手習所　蕎麦に月見に一茶何丸

年が改まって嘉永七年の二月、ケキョケキョ鶯のさえずりが春の訪れを告げる。うららかな陽の光と馥郁《ふくいく》とした梅の香に誘われて、さすがの不精《ぶしょう》連も外に出て来る。「春は暦（立春）の上だけ」と冬ごもりを決め込んでいた連中もこの陽気には勝てない。

二月初めの午《うま》の日は、江戸市中に赤い幟《のぼり》が林立する。夕刻には、参道・路地・家々の戸口、至るところの地口《じぐち》画灯籠《とうろう》に灯がともる。はしゃぐ子供と色めく大人、稲荷社の祭礼だ。

大きな社《やしろ》は大賑わい。日比谷稲荷や芝の烏森稲荷では、参詣する人、神輿《みこし》を担ぐ人、山車《だし》を引く人、見物する人、人ひと、人の波が切れない。王子稲荷や妻恋稲荷では、神前で神楽を奏する。

表門を開く武家屋敷もある。町人も中に入る。屋敷神（稲荷）に賽銭を捧げ参拝し、酒や赤飯の振る舞いを受ける。子供は甘酒、団子、菓子をもらって大喜びだ。

裏店の奥の小さな祠《ほこら》も負けてはいない。子供達が稲荷大明神の幟《のぼり》を先頭に練り歩く。前日の宵宮から夜遅くまで笛を吹き太鼓を打ち続ける。

「稲荷講《いなーりこ》、万年講《まんねんこ》、十二銅《おじゅうにど》お上げ、お上げ……お稲荷さんの勧化《かんげ》印」

元気な声は引きも切らない。おらが町のお稲荷さんのお祭りだ。

初午《はつうま》祭がすむと次の楽しみがやってくる。花見だ。温かい陽差しと巷の声が心を弾ませる。

「大川の花吹雪、綺麗だったね」

「王子《おうじ》（飛鳥山）の桜、今満開だってさ。少し遠いけど行って騒ごうか」

心地良い春風に笑みがこぼれる二月の下旬、勝五郎が世話役になって牧野房之助先生を囲む会が茂里徳で開かれる運びとなった。

仙路は、この日の来るのが待ち遠しかった。当日は気持ちが急いて、決められた八ツ半より四半刻も早く顔を出した。一番乗りと思いきや既に勝五郎と佐助が談笑していた。

（ひょうきん佐ちゃんか。人懐っこい笑顔は昔と変わらないな）

佐助は手習所のすぐ近くに住んでいた。鍛冶職人の倅で仙路より二つ下、今は親父の仕事の見習いをしているという。おっちょこちょいでお人よし「ありゃりゃりゃ」が口癖だった。

勝五郎は佐助の自慢話の相手をしているらしい。

「わしは燭台作りの名人でさあ」

「名人と自分で言ってりゃ世話ねえな。名人は上手の上だぜ、大丈夫かい？」

「それじゃ、次は町自慢でいきますか、えっと、流行《はや》りの見立《みたて》番付を作ってと、〈大江戸　町自慢番付〉としますか。どうです、鍛冶町を東の方の関脇に」

「鍛冶町ねえ。御用職人が多いといってもなあ。江戸は八百八町、その中で関脇とは、これもちいーとばかし図々しい」

「これがどっこい真面目《まじ》な話、天下で十本の指に入るんで」

「ハテ、天下で十本？……」

「番付に載《の》っける行司は吉原か猿若町《なか》にお願いするとして、ヘッヘッヘ、これが肝心鹿島《かんじんかじま》の要石《かなめいし》、勧進元《かんじんもと》は神田明神と山王権現にします」

「お、おう、なアるほど。佐助親分、謎は解けましたぜ。鍛冶町は、神田祭、山王祭、天下祭の両方に山車を出すのか」

「大中《あた》り。鍛冶町は神田明神と山王権現の氏子《うじこ》なんです」

「毎年天下祭か。そりゃすごいし大変《てえへん》だ」

佐吉は笑顔を仙路に向けた。

「仙路さんの大伝馬町も十本指の仲間ですよね。まてよ、大伝馬は山車の出番が何時《いつ》も真っ先だから仲間じゃなくて大関か」

「いや、俺の家は、鍛冶町の堀をはさんだすぐ隣、本《もと》の銀《しろがね》さ。山車は山王祭だけ。去年神田が本祭だから、今年は権現様の番だよな」

「ありゃりゃ、こりゃ失礼。……うだつで仕切った……大伝馬の問屋の坊ちゃんだと思い込んでいた……失礼ついでに、仙路さんは昔抜け作仙路とか抜け仙とか呼ばれていたけど、腹が立たなかったものですかねえ。今だから聞けるけど、本当のところどうでした?」

「本当に本当、腹も立たず、癪《しゃく》にも障らず、癇《かん》にも障らず、気にも障らず、平気の平左。仙路と直に呼ばれたくなかったのかもしれない」

「ありゃりゃ、仙路、いい名なのに。自分の名そんなに嫌いですか」

「うん、その逆というか、大事にしておきたいというか、あだ名を付けてもらってほっとしたというか、仲間に入れたというか」

勝五郎が口をはさんだ。

「諱《いみな》とかに関わりあるのか」

「諱？　ほう、確かに俺の兄貴は、通り名・茂兵衛とは別に諱を持っている。俺は未だに仙路一つだけだが……諱とはちょっと違う話かな。辰五郎より新門辰五郎、これも少し違うか。与三郎より切られ与三、安五郎より……」

「ちょっと待った、お若《わけ》えのお待ちなせえ、安五郎って誰だい？　高《たか》ダイ、駿河ダイ、おまけに神奈川のダイ」

「神奈川の台の景は絵になるなあ」

「あのなあ、安五郎は？」

「神奈川が余計なんだよ。ああ、安五郎ね。鶴蔵（後の三代目中村仲蔵）てえ役者が随分上手く演じてた。ツルゾウなんて名、今まで聞いたことなかったが。団十郎と梅幸だけじゃ芝居にならない」

「だ、か、ら、安五郎は？」

「顔に蝙蝠《こうもり》の彫り物があって日が沈むと動き出す、うん、切られ与三の兄貴分の小悪党さ。その安五郎より蝙蝠安《こうもりやす》、仙路より抜け仙、てとこかな」

「なんだ、そうだったのか。それならそうと早く言ってくれよ。俺は遠慮して間抜け仙路とは一度も呼ばなんだ。随分損した」

「間抜けじゃない、抜け作だ」

「たいした違いじゃない」

「大違いだ」

ハハハと三人が笑いあっていると、店の中が急に華やいだ。パアッと開いた二つの笑顔が仙路の胸を躍らせる。女子二人が連れだって入ってきたのだ。

牧野手習所では男女の別なく、天神机の前に座り学んでいた。

(お千代ちゃんか、可愛かったからな)

千代は色白で顔立ちが整っている。おっとりした優しい雰囲気は昔のままだ。

仙路にはほろ苦い思い出がある。何かの拍子に千代の手と重なり、顔が赤くなった。それがまた恥ずかしく耳たぶまで火照り、それがまた……泣きたくなるような思いだった。

(えっと、もう一人は誰だっけ。小紋、潰し島田、玉の簪、普通だ。そうか、おさき坊か。乙に気取ってらあ。あのおちゃっぴが随分女らしくなって、笑うと八重歯がのぞく、かわいいな。なんだよ、千代さんの方が、びらびら簪か、先っぽで鳥が揺れている)

さきは千代と仲が良かったが性格は逆で元気一杯。口も達者で三つ年上の仙路もよくからかわれたものだ。仙路は笑い過ごすしか他に道はなかった。今日は随分と神妙、お澄ましをしている。

仙路は女でしくじったことがない。浅間はともかく深間にはまったこともない。どうしても二人のことが気になり、チラチラと視線がいく。

二人はお互い奉公先から一日暇をもらい、浅草奥山で遊んできたところだという。操り人形の話に夢中だ。

「前に、からくり人形を見て驚いたけれど、今日も面白かった」

「私、奥山初めてだけど千代ちゃんに誘ってもらって本当に良かった。私も、とても面白かった」

「糸で操られた人形が生きているみたいだったね」

「そう、酔っぱらいのおじさん、本当に酔っ払っていたように見えた。それがびっくり、突然おかめになって。千代ちゃん、獅子舞に頭かじられて福がくるね」

「さきちゃんこそ。獅子舞も中に人が本当に入っているみたい、すごいね」

（奥山か、よし、俺にも話の輪に加われる。操り人形だな、えーと……）

ここで、さきが勝五郎に言葉をかけた。

「勝五郎さんと抜け仙さん、二人仲良かったけど今でも連《つる》んでいるのね。抜け仙さんは〈自分の右手〉なんて下らない冗談を今でも言ってるのかしら」

「はい、はい、仙ちゃんの〈右の手〉問答ね。確か先生の問いは、〈色んな人の手を介し、練馬大根我が口へ〉の〈人の手〉とは何か？　だったよな。答えが続いた……問屋・仲買・船頭・荷揚人・競《せ》り人・八百屋・行商……中でも仙ちゃんの〈自分の右の手〉は振るってた。あれは冗談じゃなくて真面目《まじ》に答えてたんだ。そこが仙ちゃんのすごいところ」

仙路たまらず、

「もう勘弁してくれ……酒クレ、金クレ」

「仙ちゃんの地口《じぐち》（駄洒落）、〈金クレ〉じゃ少々納まりが悪い。普通に、もう勘弁してクレ〈暮れ〉の鐘、でどうだい」

「どうでもいいから先に進めて暮れの鐘」

「朝坊は野菜作りの肥料に目を付け〈干鰯《ほしか》の買い付け人〉ときたぜ。朝坊やるよなあ。俺の答えなんか、世話になっている〈煮売り屋のオバちゃん〉さ。仙ちゃんや朝坊には敵《かな》わない」

「抜け仙さんはモノが違います」

「さき殿、ゆめゆめ仙の字殿を侮ることのなきように。冗談ではなく、仙の字殿はその後勉学に勤《いそ》しみ今やこの通り、朱楽管江をも凌ぐ狂歌の大家になられ……」

「はい、はい、ご立派。二人の気質も随分違っているわね」

「そりゃそうだけど重なるところもあるよ。二人とも酒を飲むけど煙草はやらない。釣りもやらない。蛇が平気でミミズが苦手。祭り近づきゃ矢も盾もたまらない。それに、なあ仙ちゃん、神社好きでも、手を合わせたり柏手《かしわで》を打ったりしないよな」

「言われてみればそうだな。勝ちゃんのおふくろさんもお稲荷さんの前で長い間手を合わせている。が、その孝行息子は俺の真似して、あっさりシタヤ（下谷）の……広小路」

「ふーん、勝五郎さんも手を合わせてお参りしないんだ、変なの。勝五郎さん、さっきは抜け作さんのように、意味が分からないこと〈カン（神）ながらコトアゲ（言挙げ）せぬ〉とか、アシハラ（葦原）ミズホ（瑞穂）とか口走っていた。抜け仙さん、おかしなことを勝五郎さんに吹き込んでいるんじゃないでしょうね」

さきの手加減のない物言いに仙路はたじろぐ、手習い時代に戻ったかのように。

「吹き込むも何も……勝ちゃんは勝手にイエモチと名乗って万葉集に入れ込んで、俺なんかヨタなのに、俺は昔から……神さまは身近で……手を合わせない……お参りには強力な助っ人がいて……代参りの坊主さん……」

千代が「ふふ」と笑った。

「仙路さん変わっていないわね。何を言いたいのかさっぱり分からない……仙路さんの言う〈坊主さん〉って、何だろう。巫女の格好をした綺麗な女の人が竈《かまど》払いするけど、その男版のようなものかしら」

「うん、まあ、そんなものかな。あんまり綺麗じゃないけど」

　勝五郎が口をはさんだ。

「千代坊の竈払いは〈歩き巫女〉だね。仙ちゃんは何だよ、坊主さんタア、甘っちょろいな。橋本町辺りに住む願人《がんにん》坊主のことだろう」

「お寺の御坊様、神社の巫女様より家に来る坊主さん、巫女さんに有難味を感じることだってあるよね、ねえ仙路さん」

「……うん、そう」

「仙ちゃん、どうした、いつもの勢いがねえな。おんや？　目が潤んでねえかい。わさび効いたか目に涙、涙甘いかしょっぱいか。仙路の涙、甘茶かな」

　仙路の代りに千代が声を発した。初めて聞く千代の大きな声に一同ドキリとした。

「勝五郎さん！」

「ハイッ」

「私もミミズが嫌いです。お仲間に加えていただきたいのですが。よろしいでしょうか」

「あ、はい」

「お師匠《しょ》さんもミミズは大嫌いでした」

「ああ、そうそう、今日お師匠さんのご都合がつかず残念ですが来られません」

（お師匠さんか、先生に負けないぐらい優しい方だった）

　牧野手習所のお師匠さんは、先生ではなく先生の奥様のことで、昼過ぎに女子に裁縫などを教えていた。

「先生と一太郎さんが見えるのを待ちます。他の仲間にも沢山声をかけたけど、奉公とかで来られない人が多くて」

仙路が佐助に聞いた。

「佐ちゃん、朝坊にも会いたかったけど無理か、炭問屋に奉公だよな」

「ええ、元気でやっているようで、この間もろくに話も出来ず、手を振り合っただけだが……うん、いい面《つら》をしていた」

朝坊、朝吉は齢も近い佐助と仲が良かった。朝吉は浪人の息子で両親を相次いで亡くし一人残された。差配人は炭問屋奉公の口を利いたが「齢がまだ八つ、もう一年経ったら」と断られた。隣の左官夫婦が飯の心配をするなど差配人と長屋中で面倒をみていたのだ。朝吉は、口半開きの面体《めんてい》とは裏腹に、学問の飲み込みが早く、境遇に負けない芯の強さも持っていた。仙路には、行く末が気になる仲間の一人であった。

（あとは先生と一太郎さんか。一太郎さん……）

一太郎は道場でいう師範代、場合によっては若先生であった。先生と共に手習いを教え、全く怒らない先生に代わって叱責し、全体に目を配っていた。かといって、武張ったところがなく一部の悪童が「ピンタさん」などと呼んでも気さくに「あいよ」と応え、各々の困り事の相談にのる好人物であった。

仙路は、この三つ年上の一太郎を苦手にしていた。特別なことがあった訳ではない。一方的に心を閉ざしていた。二本差《りゃんこさん》がなぜ昌平坂の学問所じゃなくて裏店なのだ。自分の大店住まいは棚に上げて。先生は浪人だが、一太郎は御家人の子弟であった。

（今思うと、牧野手習所は厳しかった。馴れ合いの遊びの場ではなく真剣な学びの場だった）

日によってお師匠さんが昼前に顔を出し手習いを手伝った。私語、ふざけ、遊びは休みの刻のみだった。先生と一太郎も八ツ頃までは残って習得が遅れている子などの補習をした。

〈手習いは厳しかったが、昼直前の〈先生のお話〉は楽しみだった。往来物や今川状から離れるのが嬉しい〉

どんな話になるか、どんな教材が出て来るのか、その時にならないと分からない。読本《よみほん》・百人一首・店の引札・広重の揃物《そろいもの》五十五枚の東海道五十三次、どこから借りてきたのだろう、世界地図を広げることも。

こんなことも。

「セビリア・アントワープ・ベネッツア・アントウエルペン・ゴア・アデン・リスボン・ベルゲン・プラハ・ハンブルク・ストックホルム・ジェノバ……」

先生は異国の古い画集を開き、都市の名を口にした。先生の声は熱を帯び、奇妙な言葉の連なりが心地良く響く。仙路の胸は高鳴った。

〈堀と川　商い盛ん　本の山　江戸と仲良し　アムステルダム〉

仙路の特技なのだろうか。

先生の残した言葉が、ふとした折に頭の中に浮かぶことがある。今もそうだ。仙路は自分でも不思議に思う。

〈学門がさっぱり駄目なこの頭だが、言葉だけが妙な具合に浮かんでくる〉

仙路は佐助と目が合った。その目が輝いている。もう、昔の佐助ではない。

佐助は口元をほころばせて一笑し、ゆっくりとうなずいた。

「毎日の〈先生のお話〉は面白かった。でも、一番の思い出は〈神田巡り〉でしょう。仙路さんはどう思います？」

（神田巡り……そりゃそうだ。忘れてはいない。月に一回の楽しみ、誰しもこの日が待ち遠しかった）

神田巡りとは、生の仕事場、生活の場の見学であった。

一太郎が二本を差して先頭に立ち、後は齢の小さい順に二列縦隊で並ぶ。殿《しんがり》に先生が控え粛々と町を歩く。初めて見る人は立ち止まって行進を見送る。神田界隈では〈新道一門お揃い道中〉、または簡単に〈イチモン道中〉などと呼ばれちょっとした評判になっていた。


ある日、揃いの鉢巻に揃いの法被《はっぴ》を着た職人と思《おぼ》しき一行と鉢合わせになった。先頭の男は一間を超える大きな木太刀を担いでいる。太刀には〈奉納大山石尊《おおやませきそん》大権現大天狗小天狗諸願成就〉と書かれていた。

それを目にした佐助が大声を張り上げた。

「ありゃりゃ、ありゃ大川の水ゴリさん達だ。ざんげ、ざんげ、ろっこんしょうじょう」

朝吉が真似をする。「ざんげ、ざんげ……」勝五郎と先生が加わり四人が声を揃える。「ざんげ……」

すると、大山講の一行も「懺悔、懺悔、六根清浄」と大声で返す。さらにイチモン道中も全員で返す。時ならぬ大声の掛け合い合戦になった。

別れ際に、

「行ってらっしゃい」

「行って来るぜ」

と挨拶が交わされ、町中に柔らかい笑顔が広がった。

その日の目指す場所、道順、その他諸々の段取りは一太郎に任されていた。仕事の邪魔にならぬよう見物し、先生は要点のみを解説した。

ある日、神田川に向かった。船着場から河岸へ青果が次から次へと水揚げされていた。

「海、川、堀に舟、舟運《しゅううん》が江戸の大きな胃袋を支えています」

「食べ物が口に入るまでの間、どのような人がどのように関わってきたか考えなさい。後日各自に聞きますので答えを用意しておいてください」

「野菜も果物も生き物です」

時には職人が実際に手を動かして教えてくれることもあった。

ある日、手習所のお膝元、鍛冶町で庖丁の焼き入れを見た。

トッチン、手拭い鉢巻の鍛冶職人が、やっとこで真っ赤な鋼《はがね》を掴み、金槌で叩く。カッチン、向かいの弟子は大金槌を打ち下ろす。トッチンカッチン、息の合った音が響く。やがて火の塊《かたまり》は水の中に、ジュウ。煙が上がると「ハアー」子供たちは歓声とも溜息ともつかぬ声を上げた。

神田巡りの行き先は、手習所の近くだけでも沢山あった。

藍染の紺屋町・漆塗りの塗師《ぬし》町・居職《いじょく》（自宅で大工仕事）もいる竪《たて》大工町と横大工町・勝五郎が住む左官職人の白壁町・材木石材の荷揚場、鎌倉河岸・多町のやっちゃ場・千代が住んでいた銀細工の新銀《しんしろがね》町・背負子《しょいこ》作りの連雀《れんじゃく》町・古着あふれる柳原《やなぎわら》土手・さらに日本橋に入り、本石町の時ノ鐘・日本橋通りの十軒店・小伝馬町の因獄・大伝馬町の木綿店・祭礼にも、宝田恵比寿神社は神無月の恵比寿講〈べったら市〉・時には遠出も……。

子供達には驚きと感動の連続であった。

懐かしい顔ぶれ、楽しかった日々、仙路は思い出の中の手習所にいた。酒を飲む前に既にほろ酔い気分だ。このいい気分に少し水を差されてしまった。

「勝ちゃん、一太郎さんの住まい、小川町だそうだがよく分かったな」

「前に何回か遊びに行ったから」（え、初めて聞くぞ）

「つい言いそびれた」（何だい、それは）

「勝ちゃん、水臭いぜ。町人の餓鬼が武家屋敷に上がって算術談義、大いに、ケッコウ日光東照宮。だが、隠し事はいただけない」

「悪かった」

ほどなく、先生と一太郎が入ってきた。皆一太郎、いや、元服し名を改めた花藤碩之進の凛々《りり》しい姿に目を見張った。鋭かった目付きが穏やかになったが口調は相変わらずだ。

「先生は算聖（関孝次）の流れをくむ算術の大家であり、今は大人相手に塾を開いています。私はそこの一番弟子です」

と、碩之進は胸を張った。ここまで言い切って、これが不思議に嫌味にならない。

（ちぇ、勝ちゃんもそうだが様子のよい男は何かと得だな……ああ情けなや、我が心の貧しさよ、小ささよ）

碩之進と勝五郎は、話の向きを塩梅《あんばい》良く取持ち、近況と昔話が行ったり来たりで楽しい時が流れる。出遅れた仙路だが、好きな酒が入って、いつもの調子者になっていく。

宴の開始から一刻は経ったであろうか、真っ赤っ赤、恵比寿顔の先生が、幾分舌も滑らかに、

「私はこの辺で。何《いず》れも様もお体を大切に。いずれまた」

と腰をあげると、佐助と仲良し別嬪二人も一緒に帰った。

お残り組は酒飲み三人のみ、空いた席が妙に寂しい。輝いていた白い顔が消え、仙路の心に、ぽっかり穴が空いた。

碩之進の話は終わらない。この台詞もこれで三回目だ。

「ここの酒は、実に美味い。下り酒のようだ」

〈褒め過ぎだ。確かに悪くはないけれど。この人、どこかの居酒屋で水っぽい酒ならぬ酒っぽい水でも飲まされたのかな〉

碩之進は上機嫌で弁舌を振るい続ける。

「先月黒船が再び来航し内海に入港した。昨年ロシアのプチャーチンも長崎に来ている。清国は、十年以上前にエゲレスとの戦に負けて今大変なことになっている。儒学者太宰春台の書だったか〈時ヲ知リ理ヲ知リ、勢ヲ知リ人情ヲ知リテ、経済（経世済民）ノ道ヲ明メタル……〉です。わ……あっしら若者も、さらに精進しないといけない。先生が日頃言っておられた〈大きな目・大きな耳・大きな心〉です」

〈あっしら？　俺もあっしらの中に入るのかな。〈大きな心〉か、これは懐かしい〉

また童時代のひと時がよみがえる。

手習いの最後に〈大きな心〉が行われることがあった。

いつ行われるのかは決まっておらず先生の気分次第、強いて言えば、弱い者いじめがあって内心怒っている時、全体に落ち着きが無く心が散じていた時、逆に何か良いことがあった時などか。ただ、口上は決まっていた。

「みなさん、背筋を伸ばし、目を閉じ心の眼を大きく開いてください」

「腹の底から大きな声で唱和願います」「はい」

「大きな心」「大きな心」

「大きな仕事」「大きな仕事」

「大きな心」「大きな心」

「大きな仕事」「大きな仕事」

「ありがとうございました」「ありがとうございました」

裂帛《れっぱく》の気迫、この時先生は侍であった。子供らも、小さな女の子も含めて、臆することなく先生の声に続いた。元の静寂《しじま》に戻ると、そこに静謐《せいひつ》な一時が流れた。仙路は初めての時など、驚きと感動で落涙しそうになった。


〈大きな心〉も出て、楽しかった宴もいよいよお開きかと思ったが碩之進の話はまだ続く。

「昨年、妻をめとったが、この妻の……」

(おいおい、のろけ話ならもう結構、うん、話の向きがちょっと違うか)

碩之進の新妻と実家の母御は大変仲が良かった。母は、娘の婚礼の日取りが決まった日から、阿佛《あぶつ》道の記(十六夜《いざよい》日記)の写本にとりかかった。一字一句違《たが》えることなく写し取り製本を依頼した。ばら紙が綴られて戻ってくると、表紙に〈いさよひの日記〉と筆を入れ完成させた。婚礼の五日前のことであった。手渡す日、母娘共に写本を前に涙した。

その場にいた父、何を思ったのか、

「一冊好きな本を持っていきなさい。こちらは中抜けになっても構わないから」

家にはたくさんの蔵書があった。父は蜻蛉《かげろう》日記や更科日記などを念頭に置いていたのであろう。娘が改めて見回すと、今まで見たことのない題名が目に入った。北越雪譜《せっぷ》とある。

「それでは」

と手にすると、父は慌てて、

「え、その本は、私が買った……初編三冊二編四冊全部か」

この日の娘、いつになく強気で、

「はい、いけませぬか」

「いや、いけなくはない。か、構わぬ」

今まで見せたことのない父の表情に「くす」と母娘は笑った。父も照れくさそうに笑った。

妻と共にやって来た義母の魂の入った写本、十六夜日記。碩之進は、読むどころか怖くて手にすることも出来ない。

持ち主に「お先に」と断った北越雪譜は殊《こと》の外《ほか》面白く三日で一気に読んでしまった。読みやすい文章とふんだんな挿絵《さしえ》、奥行きの深い内容にすっかり引き込まれた。越後は塩沢村の鈴木牧之《ぼくし》の労作、〈……暖国の人のごとく初雪を観て吟詠遊興のたのしみは夢にも知らず、今年も又此雪中に在る事かと雪を悲《かなしむ》は辺境の寒国に生まれた不幸をいうべし〉

ここでの雪は、雪月花と並び称される風雅の対象ではなく、村人に襲い掛かる白魔であった。いたく感銘を受けた碩之進は、会う人ごとに『面白い、是非読んでみて』と勧めているのだそうだ。

「雪深き地といえば〈おらが春〉の小林一茶も〈終《つい》のすみかか雪五尺〉、北信濃は柏原村の生まれでしたね」

仙路に続けて勝五郎も、

「確か〈信濃路やそばの白さもぞっとする〉こんな句もありました」

碩之進も負けていない。

「十辺舎一九の信州名物を織り込んだ狂歌にこんなのがあります」

〈儒は太宰《だざい》　相撲《すもう》雷電　武士真田　蕎麦に月見に　一茶何丸《なにまる》〉

（算術の先生、なかなかやるなあ。ところで、最後の何丸って何だろう）

いつの間にか床几に腰かけている八重が口をはさんだ。

「何丸さんは、京の和歌師範家、二条家から〈俳諧大宗匠《だいそうしょう》〉とかの称号を贈られたえらい俳諧の先生さ。私は善光寺に程遠からぬ三輪村の出で、何丸さんは、そのまた隣の吉田村の生まれでね。齢は一茶と同じくらいだから、随分前に亡くなっているけど。何丸さんを良く知っている人はこの店にも来たことがあるよ」

「そうでしたか」

「そうね、何か為になる話が聞けるかもしれないね。じゃあ、その人と会えるよう段取りをつけてみるか」

終いの見えなかった酒宴も、勝五郎が算術の本を碩之進から借りることになり、やっとお開きとなった。

仙路は一人残って後片付けを手伝い、二日酔いの薬、大根汁を飲んでいる。ぼんやりした頭で自らに問う。

〈大きな心〉とは何だろう。俺の心は小さい。

「あっしはキラズのヨタというケチな野郎でござんすが……」

「が」の後が続かない。

〽花にくもりし　心の迷い　ひとり思案に　くれの鐘

「江戸百」糀町一丁目山王祭ねり込

手前に大伝馬町の山車（吹貫諫鼓鳥）が大きく描かれ、祭りの列が長々と続き（・・だだっ広いが山王様）遠くに南伝馬町の山車（吹貫猿）が見える。先頭は半蔵門から江戸城内に練り込むところか。山王祭は将軍も見物する「天下祭」だ。

「江戸百」神田紺屋町

紺屋町は鍛冶町の隣に位置する。鍛冶町の大通りを横切って流れる溝は、流れ込む染料の藍に染まった。水運に恵まれた神田は職人の町だ。

三　嘉永七年四月

対談源次　将棋　女坂

待宵の会も今年四回目を数えた。仙路は少し機嫌が良い。といっても、作った狂歌の出来が良かったのではなく、褒められたのでもない。

師匠の離れの軒下に、今年燕のつがいが巣を作った。十日程前にのぞいた時は、四羽の雛が黄色い口ばしを精一杯大きく広げて親鳥に餌をねだっていた。今日四羽は盛んに羽ばたきの稽古をしていた。巣立ちの日が近づいているようだ。

燕は不思議な鳥だ。春突然姿を現す。民家やその近くに巣を作り卵を産み雛を育て、秋一斉に姿を消す。小さな体に長い尻尾。滑空・急上昇・急降下・水面すれすれ・急旋回、飛び方も独特だ。スースイ俊敏な動きは他の鳥には真似できない。

仙路は燕贔屓《びいき》だ。

「鴉《からす》なんかに負けるな」

諺《ことわざ》まで勝手に変えてしまう。白鳥の体は大きいが志が大きいとは限らないぞ。

〈鴻鵠《こうこく》安《いずく》んぞ燕雀《えんじゃく》の志を知らんや〉

燕の雛四羽が揃って成長していることが嬉しかったのだ。

仙路と勝五郎は、いつものように縄暖簾《のれん》をくぐった。すっかり茂里徳の馴染みになっている。今日は、何丸を知る、浅草蔵前の札差《ふださし》にして俳諧師の守村抱儀《ほうぎ》と会える段取りになっていた。

暫くすると男が入ってきた。

（あれ、あの人確か、六ツヶ峰騒ぎの時の兄貴分じゃないか。その後何回か顔を合わせているが、あの人が？）

「姉さん、すまねえ。抱儀さん来られなくなった。今になって『今さら』なんて言い出してね、申し訳ねえ」

「そりゃ残念。ま、しょうがない。丁度いい機会だから引き合わせるね」

男の名は源次で、内済の扱人を生業《なりわい》にしているというが仕事の中身がよくわからない。

「源さん、対談源次の異名をとることになった抱儀さんと旗本との例の一件、詳しく話しておくれでないか。私も一度聞いてみたかった」

「その呼び名はどうも……あっしは対談方《たいだんがた》じゃないですから。札差からの依頼仕事は割が良く有難いけれど、手を広げないようにしています。姉さんもご存じの通り興業絡みの仕事も多いし、それに頼まれ仕事は使い走りでも何でもやりますから。お助け源次、なんて呼んでもらえば嬉しいんですが」

「お助け源さん、旗本・御家人（札旦那）は札差に札差料を支払い禄米を換金するよね。お武家は生計《たつき》が厳しいので先の禄を担保《かた》に蔵宿《くらやど》（札差）に借金をする。どうもよく分からない、どうしてそれが、大きな諍《いさか》いになるんだい。武家が蔵宿師《くらやどし》を差し向け、札差が対抗して対談方を雇ったり、何だかばかばかしいね」

「さすが姉さん、その通りで……どうも幕府開闢《かいびゃく》以来禄米が増えていないことに元の根があるんですかね」

「うーん、それで対談源次が旗本と直に渡り合ったというが本当かね」

源次は「それじゃ」とその一件のあらましを語り出した。

札差抱儀の店、長年の俳諧道楽に一昨年天保十四年の無利子年賦返済令が追い打ちをかけ、身代の台が傾きかけていた。豪奢《ごうしゃ》な暮らし、吉原での途方もない散財、大川両国橋三ヶ月連日の花火打上げなんぞ、今の札差には昔昔の夢物語。

ここに、百人は下らない札旦那の中でも大口中の大口、河村家から金談が持ち上がった。金二百五十両借り受けたし。河村家は、今は蔵米《くらまい》取りだが、元は一千五百石の地方知行《じかたちぎょう》の旗本であった。

よくある両者の対立、札旦那の腹の中。

物見遊山に使うのではない、惣領息子の婚儀と娘の輿入れがたまたま重なった。武家の面目を保つため是が非でも借り受けたい。当家はもとより華美贅沢を戒め質実を宗《むね》とし、誰にも迷惑をかけずにここまでやってきた。この度はお家の大事、禄米の担保の枠はまだ充分にあるはず、四の五《しご》の言わずに用立てよ。

蔵宿との呼び名も笑止千万、元は路傍の用足し駄賃稼ぎ、それが阿漕《あこぎ》な金貸しに姿を変え、蓄財に次ぐ蓄財、栄華の極みとは。二百両や三百両どうにでもなろう。

一方、札差の腹の中。

御上の無慈悲なお達しからまだ二年、額が大きく到底応じられない。〈御旗本次第に困るへぼ将棋　みな歩ばかりで金銀はなし〉当節何かと物入りで物の値も高い、暮らしが苦しいのはよくわかる。が、入り（禄）が同じなのに出を変えずとは如何なる料簡。何処まで行っても借金地獄、地獄行きの前にやることがあるだろう。挙句にロクでもない蔵宿師を差し向けるとは無礼千万、武士の矜持《きょうじ》とやらはどこへやら。

抱儀の店では、田舎相撲で大関を張ったという松蔵という男を対談方として雇っていたが、質の悪い蔵宿師からの防ぎになるのが関の山、貸せ貸さないの堂々巡りで折り合いがつかず、埒《らち》が明かない。

この時分、札差の廃業再開新規参入などで株仲間の結束が揺らいでいた。このままでは禁じ手、札差替えなど札差にとって最悪の事態もあり得た。そこで内済の扱いで名を挙げ始めた若き源次に白羽の矢が立った。

源次は蔵宿師との談判に早々に見切りを付けたかったが代りの手が見つからない。途方に暮れる毎日が続く。

気晴らしに打っていた囲碁の途中、ふと思いついた。死んだと思っていた石が生きていることもある。死中に活を求める……

源次は勝負手を放った。

単騎敵陣に乗り込んだのだ。といっても表口からではなく勝手口から。勿論旗本の殿様とは口をきけるはずもない。御用人にきてもらっての内々話。この御用人、伊藤善兵衛は、家の将来に危機感を持ち、さらに話の分かる人物であった。

落着に向け明るい兆しと思いきや家財の処分目録を見て愕然《がくぜん》とした。源次は当てが外れた。河村家は、家宝と呼べる高価なものを既に手放していたのだ。暮らしの逼迫《ひっぱく》は源次の予想を超えていた。

源次と伊藤は協議すること数回、伊藤が殿様に、

「何卒婚儀の費《つい》えの縮小を、盆暮れの付け届けは半分に、使用人の順次解雇を」

と、平伏して命がけの懇願をしている時、源次も抱儀の叱責を受けていた。

「金利の減免？　年一割を高利とでも言うのかい。以前は一割八分まで許されていた。今じゃ私自身が御上と株仲間から金を借り利息を払っている有様。他の札旦那の手前もあり話にならない」

どちらの味方なのか誰に頼まれたのかわからなくなる。板挟みの苦労は源次も同じであった。四苦八苦というは大袈裟か、最後は旗本が八十両を借り受けることになり（金利は通常）何とか落着した。抱儀は婚礼の祝い金として四両を包んだ。

河村家のいう家格に合ったものではないが二つの婚儀は無事終了し、今も大事な札旦那として取引が続いている。


「姉さん、事の顛末はこんなところで、たまたま御用人が好人物だったので助かりました」

「お助け源さんは相手も助けるのだね」

「世の中いろいろで、こちらも〈ひどい目にオオタ道灌《どうかん》〉、相手も〈とんだ目にオオタ南畝《なんぽ》〉なんてね、難しいものです。落とし所さえ浮かばない、二進《にっち》も三進《さっち》もいかない、これはいつものことです」

仙路が口を聞いた。

「争い事が訴訟になることは多いんですか」

「古《いにしえ》より訴訟の種は尽きない。文人でも近くでは、一茶が弟と土地相続で長く争った。弟夫婦にはかわいそうなことをした」

「というと」

「けしからんのは一茶の方だよ。確かに一茶は弱者に温かい眼差しを向けている。だが、世間がいう善人も相手にはとっては、とんでもない悪人さ」

「へえー、源次さん、俳諧の世界にも随分詳しいな」

「遠くでは、六百年も前の昔、六十歳の阿佛が、いざよう月に誘われて東《あずま》（当時幕府のあった鎌倉）へ出立したが、これは所領をめぐる訴訟の為だった」

「ウヒョー、今度は古典、和歌数多《あまた》の十六夜日記か。それで阿佛は勝ったのですか」

「最後は阿佛尼の願いが叶い、後の冷泉家が二条家に勝った。ただ、阿佛尼が亡くなってから三十年が経っていたという」

「ぎゃあ」

「そこで小さいもめ事は町会所なんだが、町役人の手に負えないことも多い。で、内済の出番、となるが、小さいから内済で済むという簡単な話でもない。のっけから内済自体に馴染まないこともある」

「どんな時ですか」

「うん、争いの種（事実）そのもので真っ向からぶつかっている場合とかね」

「どうするんですか、やはり評定所、奉行所ですか」

「これが困るんだ。出入（公事訴訟）では金も時間もかかる、やってられない。場合によっては理不尽な話だが依頼主に泣いてもらうこともある」

「はあ」

「さらに困ったことも、扱人泣かせもある」

「え？」

「依頼人が俺に対しても、自分に不利な部分をわざと言わない、隠す、変える、嘘を付く。これが本当に困る。かといって嘘付きに義無しとも言い切れない。世の中は奇々怪々。出入筋（民事）の正と邪なんて薬と毒の紙一重。受けてやってみなけりゃ、どこへ行くやら分からない」

「はあ」

（俺には源次さんの話の筋道が分からなくなってきた）

黙って聞いていた勝五郎が口を開いた。

「事によっては、相手より依頼主とのやり取りや依頼主への説得が大事、同じ事柄もどの方角から見るかによって白になったり黒になったり、ですか」

源次は、勝五郎の勘の良さに驚きの声を上げた。

「おお、おさえて弾きます勘所、打てば響く鐘太鼓、太鼓幇間《たいこ》は芸の道、道を外すと戻れない、ツボを外すと空回り」

「勘所に幇間《たいこもち》ですか、調子いいですね」

「思わず軽口が出たが、この商売は勘所ツボを外すとどうにもならない」

「勘所が大事、トウショウだいじですか」

「惜しい……あんたは大工か。惜しいな……大工は稼ぎがいいし、何といっても堅気だし、こんなヤクザな仕事ご免だよな」

「え、まあ、あのう源次さん、まとまりそうな事案で、相手との交渉にしくじったことはないのですか」

「オオアライ（大洗）よ。相手があっての商売、しくじりは当たり前ダノ英五郎。そんな時は、とにかく依頼主のところへ出向いて謝る。簡単に経緯《いきさつ》は話すが、下手な言い訳はしない。『二度と顔を見せるな』と怒られ早々に逃げ帰る。暫くして『つまらないものが手に入ったので』と本当に詰まらない物を持って顔を出す。また怒られる。『顔を見せるなと言っただろう』で、また暫くしたら、半年後か一年以上かわからないが、顔を出す。時とは不思議なもので『あの野郎』が『あいつはあいつなりに頑張ってくれたのかも』に変わる」

「ふーん、源さん、随分と頼もしく立派にお成りだね」

「全て兄《あに》さんに教わった事でさア。よく発破《はっぱ》かけられました」

「なんて」

「考えろ、とことん考えろ、何か道はあるはず、苦しくても逃げるな、逃げても楽にならない、自分の頭で考えろ、てね」

「そうかねえ」

「おい源次しっかりしろ、今でも声が聞こえてくる」

「前の亭主は、酔っぱらいの寂しがり屋で、そうね『元気出しな。空元気でも出してりゃその内元気になるさ』とかが口癖だったけど、自分の仕事はどうだったかね。買いかぶりのような気もするけど」

「いや、同じく〈内々に済ませる〉といっても兄さんは本物だ、俺と違う。掛合《かけあい》茶屋へ差添人《さしぞえにん》として顔を出したり、それに何といっても代筆、奉行所へ提出する書面書きだ。俺には百年経っても真似出来ない。一度見せてもらったが、あれには本当に魂消《たまげ》た」

「あの人の書き物ねえ」

八重の目が笑っている。源次の顔に不安の色が浮かんだ。

「え、だから字面《じづら》ではなく中身の話。素人には真似ができない。微に入り細に渡って手を抜かずきっちり積み上げ、五分の透きも与えず〈仕上げをご覧《ろう》じろ〉あれは腕のいい本物の職人の芸当だ」

軽くうなずいた八重の顔は、ありがとよ、と言っている。

が飛び切り美味かったなあ。叔父貴との二人旅、歩くも泊まるも二人だけだった。叔父貴はおふくろの弟で、生意気なこの俺をどういう訳かかわいがってくれた。道中、いろんな話を聞くことが出来た。博学な人で、そう、手習いのお師匠《しょ》さんを第一の師、死んだ兄《あに》さんを第三の師とすれば、叔父貴は第二の師だ。〈見聞を広める〉というが、一生の宝となる旅となったよ」

「山登りはきついですか」

「うん、山登りの話だったな。なだらかな坂をゆっくり進む。何回か休んで、汗を拭き水を飲む。コナラやスダジイの林の中を抜けていく風が心地よい。思っていたよりずっと楽しい。が、やはり山だ。そう甘くはない。急な坂が待っていた。大小様々な石が積み重なった斜面が目の前に迫ってくる。それまでとは勝手が違う。一足進めるのが大変だ。息を切らしやっとの思いで急坂を登りきった。やったあ、頂《いただき》が見えた。頂は近くに見える。足取り軽くブナ林の中グングン歩《ほ》を進める。だが、歩けど歩けどなかなか山頂に着かない。遠かった」

「テッペンまでいけました？」

「ああ、筑波男体山のお社にお参りをして頂上に立ったよ。そりゃ気持ちが良かった。眼下に美しい緑の風景が広がり、この上ない喜びに満たされた。ただ、上には雲があり、さらに上には空が広がっている……世の中や物事は、なあ仙さん、将棋に限らず簡単そうにみえても結構奥が深いものだぜ」

「で、将棋歩式どうなりました」

「え……打てど響かぬ鐘太鼓か。今、坂と頂と空の話をしていたんだが。〈富士とつくばのながめを添えて……丑寅に鎮座まします　常陸《ひたち》国筑波嶺《つくばね》（筑波山）の急坂にまでお出まし願ってな。仙路と話しているとこっちまで馬鹿になった気分になる」

「すんません」

「将棋歩式ね、今でもちゃんと神棚に上げてあるよ。他の本なら三、いや四冊あるから一冊貸すよ」

〈坂か。牧野先生、こんな言葉残していたっけ〉

〈坂登るに苦あり喜びあり、坂下るに楽あり哀しみあり、又逆も然り、坂登るは坂下るが如《ごと》し、坂下るは坂登るが如し〉

源次の話は上の空、後の苦言も右から左への受け流し、懲りない仙路は、源次の渋面などそっちのけで、思いを江戸の坂へと進めてしまう。

〈俺も坂が好き、大好きだ。ずっと前から、そう、物心がつく頃から……山を登らなくても、江戸にだって見事な坂がたくさんある。ぱっと思い浮かぶだけでも十指《じっし》に余る、十本の指では到底足らない……〉

赤坂の霊南《れいなん》坂から汐見《しおみ》坂へ、以前文字通り内海（江戸前）が見晴らせたという。続く江戸見坂、愛宕《あたご》山後方に城下の町並みが広がる。霞ヶ関からは、今も内海が見える。皀角《さいかち》坂、前に牛込《うしごめ》麹町の高台、遠くに富士山を望む。小石川の森と山頂五合（日光山）半分の眺め、二合半坂・空に向かって伸びていく九段坂・さらに飯田町では牛込御門へ神楽坂・虎の門外葵《あおいざか》坂・喰違見附から紀尾井坂・あっちこっち富士見坂・仇討で有名浄瑠璃坂・悲恋の伝説が残る逢《おうさか》坂・遠くでは王子稲荷の坂……

中でも一つの情景が記憶の底から蘇る、十年程前に……


十歳を過ぎたばかりの仙路は、冬の朝湯島天神に向かった。

東の空が白み始める頃、仙路は目を覚ました。いつもの静かな朝だが、様子がどこか違っている。物音一つしない。妙に静まり返っている。窓の障子を開くと、夜半に降ったのであろう、街はすっかり雪化粧していた。

支度を整え一人外へ出た。雪は二寸程積もっている。上空の雲は切れている。陽が昇れば雪晴れになるだろう。白い路面に、仙路の下駄だけが二の字二の字の跡を残していく。

夜の薄暗さが残る中、本銀町《ほんしろがね》の黒塗りの町木戸が見えた。まだ閉まっている。時ノ鐘は、既に明六ツと今日一日の始まりを知らせていた。足踏みして白い息を吐いて番太郎（木戸番）が出てくるのを待つ。やっと初老の顔馴染みが顔を出して仙路に声を掛けた。

「お、今朝も早いね。ご苦労様。今開けます」

「坊ちゃん気を付けて」

仙路は、木戸に面している大通りを北に向かう。逆の方角、南に三百間《けん》程行くと〈何里何里の名付け親〉日本橋が掛かっている。日本橋川沿いには江戸随一の魚河岸《うおがし》がある。既に競りが終わり、仲買らの若い衆《し》は「御免よ、御免よ」威勢の良い声を上げていることだろう。

棒手振《ぼてふり》が仙路を追い越した。仕入れた鰡《ぼら》の入った盤台は、勢いよく今川橋を駈け抜け、あっという間に見えなくなった。

陣笠と菅笠《すげがさ》が見えた。長さ十五間足らずの小さな橋の向こう側に人影が近づく。橋の真ん中で、旅姿の夫婦連れとすれ違う。二人は仙路に軽く頭を下げ、足早に次の宿場に向かう。仙路は振り返って見送る。東海道をどこまで行くのだろう。日が暮れる前に相模国《さがみのくに》へ入って戸塚宿までは行けるだろうか。「道中ご無事で」仙路も遅れて頭を下げた。通りすがりの旅人の後ろ姿が小さくなっていく。

今川橋を渡ると、そこはもう神田だ。職人の町も静かだ。と、急に何だかにぎやかになった。やたら大八車が行き来している。荷台には山積みされた大根・白菜・葱・蓮根・小松菜・牛蒡《ごぼう》、そうだ、ここにも朝の仕事場があった。〈やっちゃやっちゃ〉の競《せ》り場、神田青果市場だ。

筋違御門の広小路に入る。八ッ小路と呼ばれ八方に人々が行き交うというが、今は人影がまばらだ。昌平橋を渡る。防寒頭巾をしていても寒いことに変わりがない。にわかに風が吹き、橋に積もっていた粉雪が舞い上がり、ひらひらと足元に舞い落ちた。頬が痛い。

神田川を左下に見て昌平坂（相生《あいおい》坂）を登る。茗渓《めいけい》（お茶の渓《たに》）と称えられる江戸っ子自慢の風光も、今朝はすっぽり雪に覆われ寂として声がない。サクサク雪を踏みしめる音以外何も聞こえない。

随分明るくなってきた。神田川に架かる樋《とい》の屋根も雪を被っている。井之頭池から引いてきた大切な飲み水、神田上水の懸樋《かけひ》だ。その奥に人が通行する水道橋も見える。富士山は雲に隠れ頭だけ顔を出している。

湯島聖堂（昌平坂学問所）手前を右に折れ団子坂を神田明神へ。明神西から広い武家屋敷の脇を抜けると妻恋稲荷の前へ出た。

よし、帰りは妻恋坂を下り明神下へ出るとするか。天神様までもう一踏ん張りだ。

仙路は稲荷大明神に頭を下げ、三組《みくみ》町の坂を登る。

後ろを振り向くと、神田川の南に駿河台からお城、さらに城下に広がる江戸の町並みが徐々に姿を現していく。寒さと一人ぼっちの心細さを忘れさせる、いつもの楽しいひと時だ。

三度振り返ると湯島天神表門に着いた。すっかり明るくなった。左右に並ぶ料理茶屋と奥の拝殿が、くっきりと見える。

この日初めて、仙路は拝殿に向かって右側に位置する男坂、さらに女坂の前へと足を運んだ。

「……あー……」

その時の仙路は何が起こったのかすぐには理解できなかった。

その場に言葉無く立ち尽くす仙路、眼の前の景色をただ見つめ続けるしかなかった。

眼下に大きな池が広がり、青い水面《みなも》を静かに湛えている。一面の雪景色の真ん中に青の世界、その青の中に白い島がぽっかり浮かんでいる。

「あれは何だ」

白い島で一際目を引く朱塗りの建物。

「鮮やかだ……そうか……弁財天か」

ようやく、仙路は池が不忍池であり奥は上野のお山であることに気が付いた。

やっと気を落ち着かせた仙路だが、再び息を飲むことになる。

たなびいている雲と雲の合間に陽が顔を出した。と、水面が金色にキラキラと輝き始めた。

何という美しさであろうか。


(坂といえば、さらにその数年前に……)

「緩怠至極《かんたいしごく》!」

仙路は八重の声で我に返った。源次の姿は目の前から消えていた。

「あんた本当に大丈夫かね。いつもボーッとしているけど、今のはひどいね。源さん、苦笑いして帰ったよ。なんでも、ツメ将棋の本を貸すのでここへ預けるってさ」

「すみません。心ここにあらず、でした」

「気取るんじゃないよ。何が、心ここに、だね。心はどこへ行ってたのさ」

「ちょっと昔のことを思い出したので」

「昔のことって、何さ」

「……湯島天神の女坂……」

「はあ？　おんなざか？　後生楽《ごしょらく》なものだ。源さんは『物事は奥が深く、分かったつもりでも分かっちゃいない。先があって、さらにまた先がある。極め尽くすことは出来ない』こんな話をしていたんじゃないのかい」

「そ、そうでしたか。奥の深い話でしたか」

「しっかりしておくれ。若いのにぼけ茄子のように、なさけない。仙さん、あんた本は読んでいるようだし、時には真っ当な話もできるんだから、ちゃんとおしよ。人の話をきちんと聞きなさい。今まで叱ってくれる人がいなかったのかね」

「うう、はい」

（女将さんのお小言は全くその通り、いただくだけで返す言葉が無い。俺の頭は、肝心な時につい別の所へ飛んでいってしまう。グルグル回っているだけで少しも前に進まない）

仙路は呆《ほう》けた顔のままで、誰に聞かせるでもなく呟《つぶや》いた。

「前に進まない……明朝は湯島に行くか。ひとつ将棋を身入れて学んでみるか。一歩前に進むと景色が変わる……」

障子越しに、好きでもない鴉の鳴き声が聞こえた。

「江戸百」昌平橋聖堂神田川

右下に昌平橋欄干の一部が見える。白い土塀の内に孔子を祀った廟、聖堂がある。聖堂の隣が昌平黌（幕府の昌平坂学問所）だ。現在も聖橋の上に立つと神田川の水面が随分低く見える。江戸初期の開削土木工事「切通し」を今に伝えている。

「江戸百」湯しま天神坂上眺望

図に向かって右方向（東）の急峻な坂が男坂で、正面（北）が緩やかな女坂の参道である。湯島天神は落語「宿屋の富」「御慶」「富久」「水屋の富」の中で富くじ抽選の場となっている。富くじは天保の改革で差止めになった。

四　嘉永七年五月

烈士暮年壮心不己

雲が低く垂れ込め、どんよりとした空模様の日が続く。

五月の待宵月の日、歌会帰りの二人はお決まりの茂里徳へ向かっている。

仙路は覚えたての言葉を口にした。

「五月闇《さつきやみ》だな。もうすぐ梅雨か」

「さつき　やみ？　確かに薄暗いが、夏の日は長く、まだ沈んでいない。今がもう闇かい。これが闇なら、御存《ごぞんじ》鈴ヶ森〈闇夜の立ち回り〉はどうしてくれる」

「待ってくれ、白井権八と幡随院《ばんずいいん》長兵衛の出番はもう少し後だ。真面目な話として五月闇はこの時分の季語なんだ。昼でも闇でいいかもしれない。どこかに〈五月闇は夜分に非ず〉と書いてあった」

「――ホホウ敬って申す
仙路殿は利口な上に物知りでござる。お教えいただき、かたじけない。

――お若《わけ》えの、お待ちなせえやし
――待てとおとどめなさりしは……

鈴ヶ森の出会いは、ほんとの闇夜になるまで待つといたす。

――カンラ　カンラカラ」

芝居がかった口調の結尾は、勝五郎の得意とする石川五右衛門の高笑いか。

仙路らが茂里徳の中へ入ると、源次が年配の男と酒を飲んでいた。鼠色の御召縮緬《ちりめん》に紺の博多帯、静かな物腰、それが抱儀であることはすぐに分かった。源次が、

「これで役者がそろった」と、話の口火を切ると、「よろしくお願いします」二人は声をそろえた。

「先月は失敬した。急に気遅れしてね。近頃、人付き合いがとんと億劫になってしまった。今も、それじゃだめだと、源次さんに説教されていたところだ。源次さんから札差の話は聞いたかね」

勝五郎が答えた。

「はい、旗本河村家の一件を。旗本にしろ札差さんにしろ、内実の一端を聞きましたが、傍《はた》から見ていたのとは大違いです。まだ良く分かっていませんが」

「源次さんのお世話のお蔭で大きな危機を乗り越えたが。実はその後も大変で、じわじわといけなくなっていった。初めて貧乏のビの字を身を以って味わったよ。俳諧で糊口《ここう》を凌《しの》ぐ、といえば聞こえが……良くないな、俳諧仲間に暮らしを助けてもらうところまで落ちた。今は息子が何とか持ち直して楽隠居の身だが」

「そうでしたか、また驚きです。俺達狂歌を習っているのですが、狂歌がまだ盛んだった頃の話をお聞かせ願えればと」

「そのことだが、どうもお役に立ちそうな話はできそうもない。その代わり……」

抱儀は傍らに置かれた風呂敷を手にした。

と同時に、勝五郎は澄んだ目に力を入れて言った。

「狂歌旋風の少し後になるのでしょうか、何丸さんらが活躍した文化文政期は、俺達には、はるか遠く仰ぎ見るような感じで。是非何か当時のことを述懐していただければと思います」

抱儀は少し寂しそうに笑った。

「文化文政か。文人画の池大雅・谷文晁。江戸琳派の酒井抱一先生にその弟子鈴木基一《きいつ》さん。黄表紙の山東京伝。滑稽本の十返舎一九に式亭三馬。読本の上田秋成・曲亭馬琴。大《おお》南北（鶴屋南北）も。いや、これはとても名を挙げきれない」

「すごい顔ぶれですね」

「確かに……月日は流れた……何丸さんの話だったね。では、出会いの一場面だけ、お付き合い願いますか」

仙路は風呂敷の中身が気になって仕方がない。気もそぞろで、締まりのない顔を間の抜けたものにしている。

抱儀は、仙路の顔など意に止めず、三十年以上も前の世界に入っていく。

抱儀は昔を語った。

十七歳の抱儀が成田蒼虬《そうきゅう》師匠系の俳諧の会に参加した時、何丸は既に還暦を過ぎていた。何丸は、抱儀と同じ札差の大店夏目成美の援助を受け、五十九歳という齢で北信州の庵をたたみ江戸へ出て来たのだ。

この師と同い年の俳諧師と親しく口をきくことなどあり得ず、数か月が過ぎた。

菊の香ただよう秋の日、何丸の住まいを訪れることとなった。たまたま或る本のことが話題となり、その本なら持っている、是非お借りしたい、今日にも持参する、こんなやり取りだった。

浅草蔵前から田原町は近間《ちかま》なので軽い気持ちで約束した。ところが、俳諧師何丸の住まいは誰に聞いてもチンプンカンだ。秋の日は釣瓶落とし、やっと家の前までたどり着いた時は、とっぷり日が暮れていた。

表で声をかけたが応答がない。引き戸に心張棒がかかっていない。中に入って大きな声で、もう一度
「御免下さい」

やはり静かなままだ。履物を脱ぎ、そっと障子を引くと、男が一人、開け広げた窓に向かって座っていた。

窓の外の暗闇の中に気配を感じる。何か様子がおかしい。何かが近づいてくる。ゴゴゴー、地割れの音か。地震の前触れかと思ったが揺れは来ない。鼓動が早くなる。

剃髪した頭と背中が青白く光っている。抱儀は足がすくみ声がでない。老俳諧師はやっと口を開いた。

「やあ、来てくれたのか。わざわざ有難う。本に夢中で失敬した」

何丸が立ち上がり、行燈《あんどん》に灯を付けようとしたその時、窓の外から声が響いた。抱儀はその声を聞いた。

『ほうぎのほうのじ、ほういつのほう』

何丸の声ではない、地を這う物の怪《もののけ》の野太い唸り声だ。足が震える、息が苦しい。

行燈に灯が付いたが、百目蠟燭に慣れた抱儀には少しも明るくない。妙に端正な顔立ちが青から橙に変わり、にぃー、と笑った。

怖い。背筋に悪寒が走った。

「古語曰く〈詩《うた》は有声の画なり、画は無声の詩なり〉抱一さんの絵は本当にすばらしい。絵心のある人が羨ましい。しかし私は俳諧が好きだ。俳諧は、連歌・和歌、万葉人の心に通じる詩の道だ」

何丸は抱儀の手を握った。ぬるっと生温かい。

「抱儀さん、共に詩の道を歩もうぞ」

抱儀、消え入りそうな魂とは裏腹に、はっきりとした言葉が口からでた。

「私は札差です。金の心配はいりません。欲しい本があったら、私の名前で買ってください。夏目成美さんの代りを私がします」

「これが、何丸さんとの出会いであり、ある意味係わりのすべてだよ」

「抱儀さんが持って行った本は何という本ですか」

と仙路は言った。

「え、それは……」

抱儀の困った顔を見て、源次と勝五郎は冷たい視線を仙路に向けた。

（いけねえ、何丸さんと関わりのない話か。ああ、俺は、すっとこどっこい）

抱儀は目を閉じ思案の様子であったが、やがて目を開けて、

「曾波可里《そばかり》、酒井抱一先生と同じ俳人絵師で先生より先に亡くなった秋香庵巣兆《しゅうこうあんそうちょう》（建部曽兆）さんの発句集です。抱一先生が序を寄せていて、これが名文でね。先生の絵と同じく、温かく優しく、飛び切り洒《しゃ》脱《だつ》だ。

「洒脱、ですか」

「三度読めば頭に入り出ていかない。今でも諳《そら》んじている。正に是、軽妙洒脱」

〈秋香庵巣兆は、もと俳諧のともたり。花晨月夕《かしげっせき》（花の咲いた朝、月の出た夕べ）に句作して我に問ふ。我も句作して彼に問ふ。彼に問へば彼そしり、我に問へば我笑ふ。われ画《えが》けばかれ題しかれ画けば我讃《さん》す。かれ盃を挙れば、われ餅を喰う……〉

「因みに抱一・巣兆・何丸・おらが春の一茶の四名は齢も近かったと思う」

勝五郎が外れた筋を元に戻した。

「何丸さんは、どういう方だったのですか」

「ふむ、そうだね、私が曾波可里を持って訪ねた時、何丸さんが読んでいたというか、広げていた本、何だと思う。いや、芭蕉絡みではない。俳諧とは関わりのない本だった。何丸さんは句集、草花廼集《くさばなのしゅう》にこんな俳諧を残している」

〈死せる孔明生きる仲達《ちゅうたつ》を走らしむ〉

「え、孔明？　三顧の礼の孔明ですか」

「その通り、本は通俗三国志だった」

「三国志といえば、魏の曹操《そうそう》・呉の孫権《そんけん》・蜀の劉備《りゅうび》ですか」

「その魏の曹操だが、物語ではすっかり悪人として描かれているね。実際の曹操は、英傑であり立派な施政者、そして文人だった」

「乱世の奸雄《かんゆう》なんて言われてますね」

「よく知っているね」

「三国志は大好きです。手習所でも三国志絡みではいろいろと教わりました。〈髀肉《ひにく》の嘆《たん》〉〈天下三分の計〉〈泣いて馬謖《ばしょく》を切る〉とか」

「そうですか。英雄曹操の作った一連の詩に題名は……忘れたが〈雲ヲ行キ雨ヲ歩キ〉で始まったかな……中に次の一節があって、これが何丸さんにピタリ当てはまる」

〈烈士暮年壮心不已〉（烈士ハ暮年ナルモ壮心已《や》マ《ま》ズ《ず》）

「どういう意味でしょうか」

「何をか恐れん、信念を貫き通す不屈の人は、人生の黄昏《たそがれ》を迎えても熱き心は失わない、とでも解しておきますか。何丸さんは、正に烈士であり、俳諧研究にかける思いは最後まで萎えることがなかった」

「壮心已マズですか。共に詩の道を歩み……何だか壮大な気分になってきます。えっと、何丸さんの句でお好きなものは？」

勝五郎の問いに抱儀は迷わなかった。

〈いつも吹《ふく》　風を花には　あらし哉〉

「花は桜の花のことですね」

「はい」

「春の風も、満開の桜には春の嵐になりますか」

「そうだね。風と嵐か。何丸さんは四十余の時、大病を得て数年臥し、その後すぐに七部集大鏡の稿をおこし苦節十九年、やっと何丸畢生《ひっせい》の大作は完成した。独学で俳諧・芭蕉・古典の研究に没頭し、月花の外に遊ぶことなく、ひたすら著述に当たった。尊び敬う人は今でも何丸さんただ一人です」

「吹く風は優しくはなかったですか」

「そうだね。先ほど、はからずも名のでた抱一先生だが、先生は、文芸を重んじる名門譜代大名姫路酒井家の次男として江戸で生まれ、江戸で育った。希代《きたい》の才に恵まれ、傑出した輩《ともがら》と月花の外でも深く交わった。何丸さんも若い時から書画の交易を通じて京・難波・江戸の文人との交流はあったが、周りを囲む全体の様子は、抱一先生のそれとは随分違う」

「酒井抱一って大名家の出だったんですか」

「凡庸な弟子にとって抱一先生は、そう、胃の腑が痛くなる一方《ひとかた》ならぬ存在だった。何丸さんは違う。私を含めて何丸さんを慕う人は沢山いたが、やはり吹く風は総じて優しくはなかったと思う。でも何丸さんは風にも嵐にも決して負けることなく、天下の名声を、七十二歳にして俳諧奉行職御代官の号を受けた」

「七十二歳ですか」

「何丸さんといえば、何といっても俳聖松尾芭蕉の研究だが、そうだ、こんな句も残しています」

〈人丸《ひとまる》も　赤人《あかひと》もしらず　菊の花〉

「はあ、人丸？　赤人は山部赤人《やまべのあかひと》のことですか。えーと、菊の花を知らない？」

「人丸は柿本人麻呂《かきのもとひとまろ》です。山部赤人と共に二人は歌聖だね」

「アア、わかった！　万葉に菊は無い！」

勝五郎が素っ頓狂な声を上げ、ぼんやり仙路が目を覚ました。

「び、びっくりシタヤ（下谷）の広徳寺。勝ちゃん、驚かすなよ。心の臓が痛い」

「すいまセンネン、亀は万年。万葉集には菊が詠まれていないのでは」

「そうです。そうなんだ。万葉集には花を詠んだ歌は多いのだが。萩・梅・葛《くず》・藤・桃・桜・紅《くれない》・椿・菫《すみれ》
……菊を詠んだ歌は一首も無い」

「万葉歌人は菊を好まなかった？」

「それは考え過ぎ。文字通り菊を知らなかった。文字や仏の教えと同じで、菊も唐《から》の国から渡って来たようです」

源次も目を見張った。

「いやあ、そうですか。ちっとも知らなかった。聞くも驚き、菊も唐から、ですか。喉もカラカラ、抱儀さん失礼してお茶一杯だけ、姉さんお茶ください。後はどうです、何丸さんの京からの帰り、善光寺まで迎えに行った……」

抱儀は、源次の誘い水を手で制し、

「いや、やめておきましょう」

「では、一つ何か若い連中にお話を」

「そうだね、じゃ自らを省みて。何丸さんは四十歳以上も年長だった。これからは逆に年少の者に少しでも恩返しを、なんて考えています。壮心已マズ、とまではいかなくても、もう一頑張りしないとね。源次さん、人付き合いが億劫、じゃ嘆かわしいよね」

「はい、失礼しました。近頃私も嫌なことは後回し、になっています。これじゃいけませんね」

「逆に若いお二人に、何か聞きたいことありますか」

「それでは」

仙路が口を開いた。道を外さなければよいが。

「あのー、箱根からこっちは化け物がいない、と言いますが。何丸さん宅の外から聞こえた化け物の声は本当だったのか、それとも何か含みのある話とか」

「……私だって魑魅魍魎《ちみもうりょう》・狐狸《こり》・悪霊《あくりょう》の類《たぐい》を頭から信じている訳じゃない。空耳だ、私の心の弱さや怯《おび》えが幻の声を聞かせた、とでも言いたいのだろうが、さてどうだろう。あの恐ろしい声はいまでも耳に残っている」

わずかな緊張が走る。源次の出番だ。

「団十郎の踊り〈八変化《はちへんげ》〉も結構いけますよ」

「え？」

「変化といえば動物の化け物のことですが、神仏の仮の姿でもあります。そう、人の姿になってこの世に現われるとか。まあ、不思議や不思議、世の中も、人の心も、人との出会いも、不思議の山盛り、大盛り、てんこ盛り。この世には説明がつかないこと、理屈では割り切れないことが、ごまんとあります」

「不思議と言えば、恐ろしさは一時のことで、後は穏やかな清々《すがすが》しい気持ちになった。あの時は私もまだ若かった。明かりに不自由のない暮らしで、闇と世の中を軽んじていた。『驕《おご》り昂《たか》ぶるな』と喝《かつ》を入れられたのかもしれない」

「闇ですか。闇あっての光、闇あっての月に星ですね」

「源次さん、上手いことを言う。闇はやがて光を呼び、光はやがて天地万物を生み出す。闇を畏《おそ》れ月を愛《め》でる心があれば、きっと安らかな日々が続く。さて、おしゃべりが過ぎたようだ。今日は挨拶代りに、若き狂歌師に受け取ってもらおうと、こんな物を持って来ました」

抱儀は風呂敷の結びを緩めた。

「歌川広重の張交《はりまぜ》江戸名所です」

一枚の浮世絵の中に縦横五つの別の風景画が並んでいる。このような絵を仙路は今まで見たことがなかった。

「この絵はお二人のどちらの手に?」

絵が大好きな仙路が珍しく素早く反応した。

「はい、あ、ありがたく頂戴します」

続けて横長大判が披露された。源次を含めて一同言葉を失った。

(これは一体何だ。橋桁が大きく目の前に迫っている。薄紅色にたなびく雲、その上に薄墨の雲、その雲と橋桁が満月を半分隠している。こんな浮世絵を見たことがない)

「これも広重で、東都名所両国之宵月《よいのつき》、手に入れたのは東海道五拾三次内が売れ出される前だったと思う」

「広重の若い頃の作ですね」

「はい、大先達の北斎もそうだったが、広重さんも、今は六十近くだと思うが、筆が全く衰えない。いや、ますます盛んだ。」

「広重も烈士ですね」

勝五郎の澄んだ声に抱儀は嬉しそうに笑った。

「その通り。この絵を見てください。橋の下に満月が浮かんでいる。余人には思いつかない奇抜な構図だ。水面の青が遠ざかるのにしたがってだんだん白くなり、最後は右隅で空と溶け合う、美しい。だが、それだけじゃない。この絵は、語りかけてくる。橋桁は、

『見えるかい、大勢の人々が行き交うのが。忘れちゃ困る、俺達は、雨の日も風の日もこうして踏ん張って皆《みんな》を支えているのさ』

川面に浮かぶ小舟の船頭は、

『もうすぐ日が暮れる。今日の仕事そろそろ仕舞にするか』

夕焼けに照らされた筋雲は、

『明日もいい天気だよ』

暮れなずむ夏の空に出番を待っているお月さまは、

『明日もきっと穏やかな一日になるよ、今夜もいい夢をご覧』

実に味わい深い絵だ」

源次が口を挟んだ。

「この浮世絵初めて見ますが、再版されていますか」

抱儀はかぶりを振り、源次に一瞥を与えた。

「後の摺《す》り、再版が初めの摺りを超えたのをついぞ見たことがない。浮世絵は絵師・彫師だけのものじゃない。摺師が一枚一枚に魂を込めて版木を重ね摺りあげたものだ。この絵は私にとってこの世でただ一枚の絵だ」

源次は身をすくめた。

「歌麿・豊国・北斎・国芳どの絵にもそれぞれ趣があるが、広重、中でもこの浮世絵が一番のお気に入りでした。さて、この絵はこちらさんかな」

勝五郎もすぐには受け取れない。

「そんな大事なものを、どうしてゆかりの薄い俺たちに?」

「年寄りの戯言《たわごと》なんぞ、話すそばから風の中に消えていく。絵は消えない。絵は持ち主の手元に残る。こちらの源次さんに出会わなければ、息の根を止められていた。有難いことに今でも俳諧も続けていられる。これも縁です」

「では、有難くいただきます」

「さあて風呂敷も気持ちも軽くなったし、そろそろお暇《いとま》しますか。源次さん、もう一軒どうかね。今日はお酒が美味い。あ、その前に大根汁を……ある訳ないか。私にもお茶一杯ください。昔と違って無理がきかなくなってきた。ふう、人形町の少壮有為《しょうそうゆうい》も蔵前の無為徒食も共に齢を取った」

「少壮ですか。今でも空元気だけはありますが。ええ、私もいつの間にか周りは後輩ばかりになりました」

「源次さんまで年寄りにして失敬した。何丸さんから見れば私だってまだまだひよっこ。俳諧の烈士は、天空の奈辺から今の私を見て『老成というには二十年早い』と笑っていますね」

抱儀は、張りのある声で「ご馳走様」と言い、勢いよく油障子を引いた。泣くような犬の遠吠えが聞こえた。

刻は五ツ近くか、外は黒のとばりを降ろしていた。夜の闇に包まれているようだ。

仙路は、勝五郎の手にある浮世絵を見た。落款は確かに一幽斎広重画となっている。

（広重か、この人にも隠居という言葉はないのだろうな。ソウシンヤマズか。俺は差し詰め笑止鯰《しょうしなまず》か。あーあ、地口も相変わらず冴えない……）

勝五郎が悪戯っぽい目で仙路を見ている。

「仙ちゃん、いただいた広重、取り替えっこするか」

仙路は、ぐい呑み茶碗に残っていた酒をぐいとあおり、小さくうなずいた。

白井権八

幡随院長兵衛

表紙に同じ

「お客さん、川風がまだ冷たいですね。障子閉めましょうか」「いや、日が沈むまで景色を楽しみましょう。お燗をつけてもらって、何か温かい物、そう湯豆腐を先にもらいますか。後はお任せで」

「東都名所」両国之宵月　アダチ版画研究所復刻版

川口正蔵版「東都名所」十枚揃は、三十五歳の広重が風景画家としての名を成さんとして渾身の力を込めて描いた意欲作である。この絵と「日が沈むと世界はキヨチカのもの」と称えられた明治の浮世絵師、小林清親の「東京名所」吾妻雪晴を見比べてみるのも面白い。

五　嘉永七年六月

源次のけじめ　聖天《しょうでん》さま　すたすた坊主

「エ、イヤテン、ところてーん、エ、イヤテン、ところてーん」

「エヒャラ、ヒャッコイ、ヒャラ、ヒャッコイ」

ところてん、冷水《ひやみず》、西瓜やマクワ瓜の水菓子、金魚、団扇《うちわ》、朝顔、物売りの声で江戸中にぎやかだ。暑い、燃えるような六月の陽射し、じっとしていても汗ばむ。まばゆい光・輝く空・入道雲・蟬しぐれ・行水・夕立・風鈴の音……仙路は夏が大好きだ。

仙路は夏負けという言葉を知らない。逆に食が進むぐらいだ。源次から呼び出しを受け待っているが、特製二人半前の蕎麦掻きがもうすぐ仙路の腹の中に納まってしまう。下地は大根汁ではなく、長芋の摩り下ろしに醬油垂れを加えたものに代わっている。

一陣の熱い風が縄暖簾を跳ね上げた。

源次が「よっ」握った右手を軽く突き出すいつもの仕草で現れた。以前より優しい目をしている。

「ヤットウ別当実盛只今《ただいま》推参！　お待たせ。呼び出して悪かった。構わずに酒やってくれ。俺は後で野暮用があってな。あっちだこっちだ、藤沢・平塚・おおいそ（大磯）がしだ」

「やっとう（剣術）に大磯、忙し過ぎて目が回る。源次さん、酒いただきますので、もう少しゆっくりお手柔らかに、ご府内でお願いします」

「あいよ。先だっては一人悦に入り、『逃げてはいけない』などと、おだを上げたが、その後どうも気分がすっきりしない、何か忘れ物をしているような感じでね。『逃げるな』誰に向けた言葉か。何のことはない、今のこの俺さ。俺が逃げていた。長年の大事から逃げ続けていたんだ。じゃあ、俺の身の上話からはじめるぜ」

源次は、神田佐久間町の材木問屋駒津屋の次男として生まれ、不自由なく育った。十五の齢に、ぷいと家を出たきり戻らず、それっきり。梨の礫《つぶて》どころか礫の投げようもなかった。

六年前、付き合いの切れなかった母方の叔父から父危篤の報が入りすぐ駆けつけ、死に目には会えた。葬儀にも顔を出した。が、母と兄とはろくに話もしなかった。世間知らずのわがまま息子が、さしたる理由もなく勝手に家を飛び出し、二十年以上も逃げ続けているのだ。

源次は、やっと心を決めたのだ、と言う。

「抱儀さんの何丸談の翌日、サテモその日の源の字は、バンバン、敷居が高い実家に乗り込んだと思いねえ」

「どうでした」

「罵倒されると覚悟の上だったが、それがすっかり拍子抜けの肩すかし。母・兄貴夫婦・番頭・顔の知った手代・みんな特に変わった様子をみせなかった」

「そんなもんですか」

「特に驚いたのが兄貴、四角四面の唐変木、〈石部の金吉〉が『やあお帰り、久し振り』だとよ。こちとら気随気儘《きずいきまま》な風来坊、なのだが、あくまで自称で浮世の風の浜防風《はまぼうふう》、少しは俺のことも認めていたのかもしれない」

「兄上も弟の暮らし向きを気にかけていたんですね」

「そこで『無礼の数々平にご容赦を』とやっておいた。無事和解といったところかな。後は親戚付き合いがどうのこうのと細かい話が淡々と進み、酒をもらってその晩泊まった」

「よかった」

「で、翌朝、朝餉の後兄貴が『碁を打つか』と言い出した。少し嫌な気がした」

「どうしてです？」

「俺のほうが強いからさ。そう、文吾に出会うまでは、将棋より囲碁のほうが好きだった。仙路囲碁は？」

「柏手《かしわで》はめったに打たないし、囲碁は全く打ちません」

「ふん、俺が黒石を持って打ち始めたが、白の打ち方が餓鬼の時分と明らかに違う。『なめたらいかん』と褌を絞め直したが、右下で打って替（返し）を食らって大きな地を取られてしまった。数手進んで盤面全体を見ると、もういけない。白の石と石とのつながりが強くて入り込めない。どうにもならない」

「打つ手なしですか」

「そうだ。力に相当差があったのさ。兄貴の奴、商売だけの堅物で、芸事遊芸は一切不調法だと思っていたが、碁会所なんかで腕を磨いていたんだ。『えい、ままよ』とつまんだ石を碁笥《ごけ》に戻した。いい手を思いついたのさ」

「石を戻して、いい手？」

「はは、文吾のあれよ。『負けました』さ。序盤早々の投了に兄貴も驚いて、『投げる姿は段持ちだ』と言って笑った。俺も笑った。長年のわだかまりが解けた気がした」

「ふう、こっちもなんだかほっとした」

「それでだ。実は家に一人化け損ないがいる」

「え、ばけぞこない？　それって何です？」

「狐、そう、王子稲荷から高い位を授かった狐なら絶世の美女にも化けられる。修行の足りない野狐はそうはいかない。上手く化けたつもりが出来損ないのオカチメンコ」

「女の人？　それって……」

「留守番のことさ。俺は鉄砲玉で町へ飛び出したらそれっきり。で、仕事のつなぎ役が必要なんだ」

「なんだ源次さん、奥さんいたんだ」

「うん、もう十年近くになるかな。兄の忠言を受け、会所（町役人）を通して人別の届け出は済ませた。そこまではいいんだが、兄貴が『親戚や取引先を呼んで弟夫婦を披露したい』と言い出してね。それだけはご勘弁願ったよ」

「そこでだ、ここ茂里徳で一応のけじめをつける。親父さんと姉さんには立会人になってもらい、店からは兄貴夫婦だけ、おふくろは足が悪くて、いや、駕籠をだすか。かかあのほうは、身寄りがないので、仲のいい朋輩一人だけ」

「そうですか」

（化け損ない、王子の狐、絶世の美女……うめ香さん、清元長唄のお師匠さんのうめ香さん……三味線、簪、玉池稲荷、落とし噺、遠江……小圓太……考えてみれば随分不思議な話だった……）

「おうい、仙路、聞いているか、いつものボンクラ之助か、もう少しだ、我慢してくれ。話のむきが見えてきただろう。顔ぶれがこれじゃ少し寂しいので、冗談半分に姉さんに聞いたんだ」

「何をです？」

「この店の一番の常連さんは誰です、その人に出てもらいましょう、となっ。名を聞いて驚いた。なんと仙路おめえだというじゃないか。昼晩昼と毎日のように通い詰めているようだが、仕事のほうは大丈夫かい。おっと今はその話じゃなかったな」

「はあ」

「ここはお願いするところだからな。来月七の日、体を空けてもらいたい。それと、おめえの相棒のいい男、そう勝五郎さんにも頼む。都合を聞いてみてくれ」

「いいですけれど、俺達で本当にいいんですか。他に……」

「仕事上の大事な先は、大店の主とは限らない、芝居小屋の主、与力の旦那、名主ら町役人《ちょうやくにん》、地回りの親分まで」

「地回り、ですか」

「それも人によりけりさ。人のつながり自体が俺の仕事だから、ここまでという際《きわ》がない。だから一切仕事絡みには声はかけない。かけられない」

(源次さんにはいつもびっくりさせられる。逃げ回る、けじめ……逃げてばかりでけじめのつけられない奴もいる……源次さんとは前に何か関わりがあった、間違いない。聞いてみるか……)

突然、夏空のような底抜けに明るい笑顔が飛び込んできた。

(こりゃ珍しい。どうしたんだろう、ピン……碩之進さんじゃないか)

「これはこれは、これは僥倖《ぎょうこう》、丁度良かった。こちらに仙路さんへの言伝《ことづて》を頼もうと伺いました。折り入って話したいことがあります。差支えなかったら待たせてください」

源次が仙路より先に口を開いた。

「誰かと思えば、算術の先生じゃありませんか」

「あ、どうも。お話の途中すみません。先生はよしてください。相変わらず素寒貧《すかんぴん》のピン（一）太郎ですよ」

「誰です、そんな失礼な呼び方をするけしからん奴は。花藤先生のご高名は常々拝承いたしております。こちらの話は大体終わりで……もうひとつ……いや、なんだカンダの大明神、これは後にしよう。仙路殿、勝五郎殿と共に来月七日の件宜しゅう頼みます」

「しかと心得えタンボの一本道です」

「皆々様には、断金《だんきん》の交《まじ》わりをお頼み上げまする。姉様お勘定。じゃあっしは、真《ま》っ平《ぴら》ごめ……これにて御免つかま……まずそれまでは、サラバサラバ」

源次は〈実盛〉を気取ってか、扇子の代りに右の手をいっぱいに広げてみせた。目をカッと見開き、土間舞台から引っ込んだ。

「今の人、人形町の対談源次さんだよね。相変わらず面白い人だ。芝居っ気たっぷりに『サラバサラバ』か。〈源平布引滝《ぬのびきのたき》・実盛物語〉の段切りですか。ふむ、一路邁進、対談源次。男一匹、一本道。仙路さん、大変良い知己《ちき》を得たようだ。さて、話は二つありまして」

一つ目は、牧野先生の算術塾への誘いであった。勝五郎が近く入門するので一緒にどうかとの話だ。大工は、案外時間が取れるものらしい。

「声かけありがとさんです。でも、私はやめておきます。勝ちゃんからは『矩尺《かねじゃく》や差し金も大事な大工道具だ』『算術はとにかく面白い』など、話は聞いています」

「はい」

「あっしは江戸の町をほっつき歩くのが好きで神社や寺にも立ち寄りますが、よく算額が奉納されています。この算額、ごくろう三角・真ん丸・四角、色んな形の彩《いろどり》が美しく楽しい。が、この頭です。問題を解こうと思わない、解けません。私は源次さんに借りた本で詰将棋を解くのがせいぜいです」

「詰将棋？　ほう、詰将棋ね。仙路さん将棋を指すのか」

「基《もと》を習っているところです。将棋も結構奥が深くて、聞いたばかりの話ですが、将棋の駒で玉《ぎょく》・金・銀に桂・香も宝物だそうです」

「すると香は香木で白檀《びゃくだん》や伽羅《きゃら》のことかな。確かに貴重な品だ。では桂は桂《かつら》の木？」

「源次さんは、肉桂《にっき》のことじゃないか、と言ってましたけど」

「なるほど、駒の話だけでも興味深い。それで、詰将棋は難しい？」

「将棋は玉を詰ます争いですので、詰将棋を解くのも大事だと言われて始めましたが。それが簡単なはずの五手詰めがなかなか解けない、詰むと決まっているのに。よくあんな意地悪な問題を作れるものですね」

「問題を出す側と解く側の知恵比べか。詰将棋と算額は似ているかもしれない。わかりました。牧野算術塾の話は、とりあえずこれで終わりにします。とりあえずですが」

「さて、これからが肝心、二つ目だが。ときに、仙路さん、契りを交わした人とか、心を寄せる人とかいますか。いずれ分家するんですよね」

「はい？　何ですか？」

「過日の集まりにも来てくれたお千代さんのことです」

何を言い出すのかと目を丸くする仙路に、経緯《いきさつ》が語られた。

牧野先生は、子供に手習いを教えている時分から算術塾の開講を切望されていた。算術界では、夙《つと》にその名は知られていたのだ。

先生の良き理解者で塾開講に尽力し支援を惜しまない、そんな心強い味方がいた。小間物問屋の会津屋甚平である。

千代の父は銀細工の錺《かざり》職人で、会津屋は、千代を行儀見習いの奉公人として預かった。店の奥さんは、素直で働き者の千代に好感を持った。甚平は、さして関心を示さなかったが、あるきっかけで見方が一変することになる。

千代に用事を言い付けたところ、千代が異を唱えた。

「奉公人の分際で出過ぎた口を利く、お前にはもう頼まぬ」と、腹を立てた甚平だが、直ぐに考え直した。千代の言い分は理に適っており、主人に対する礼は失わず、きっぱりと言い切った。その心映えや天晴《あっぱ》れ。

その後働きぶりをみると、しとやかな立ち居振る舞いの中に、確かに一本芯が通っている。

娘のいなかった甚平夫婦、千代をすっかり気に入り、しかるべき大店へ嫁に出すと心に決めた。ついては婚儀の前に養子縁組し自分の娘とする。千代の家も有難い話と内諾した。

ところが、春先に持ち上がった縁談話に、本人がどうも乗り気でない。理由《わけ》もはっきりしない。千代の胸間には秘めた思いがあるのかもしれない。

碩之進は仙路の顔を真っ直ぐ見て、こう言った。

「ご夫婦で問い詰めてやっとでた名が、仙路さん、あなたという訳です。先生に頼まれて地ならしにやってきました」

「うー、どうも……」

（ありえない話だ。どう考えてもおかしい。あの時だってお千代ちゃん、勝ちゃんのほうばかり見ていたじゃないか。これは晦日《みそか》に出る月だ）

「碩之進さんが、まさか人を担ぐことはないと思いますが。朋輩の勝五郎と間違えていませんか」

「仙路さんから狂歌の話を聞けて嬉しかったらしい」

「確かに勝ちゃんと二人で狂歌を習っているという話はしましたが」

「千代さんの亡くなったお祖父《じい》さんは、本が大好きで、特に太平記と万載狂歌集は何回も貸本屋から借りて読んでいたという。正しくは家人が読むのを聞いていた。ある時、千代さんは、お祖父さんお気に入りの狂歌を選び平仮名で写し手渡したところ大喜びしたそうだ。狂歌には大好きだったお祖父さんの思い出が詰まっているのかもしれない」

「それもやはりおかしい。狂歌も勝ちゃんのほうが上手くて面白い。私の狂歌は、私と同じで面白味に欠けますから」

「仙路さん、もう少し自分に自信を持ったほうがいい。日々研鑽努力を怠らず、です。算術塾に高齢のお弟子さんがいて、この方は目立つことも褒められることもないが、倦《う》まず弛《たゆ》まず日々努力を重ねている、頭が下がります」

「話がますますおかしい。日々の努力ですか、私とは何の関わりもない話ですね」

碩之進の言葉が軽くなってきた。

「仙さんの狂歌をやる時の名前、雪花菜与太《きらずよた》がお気に入りのようだよ。千代さん、団十郎を贔屓《ひいき》にしているってから」

「はあ？」

「これは失礼、確かに先般はそんなに親しそうには見えなかったなあ。他し事《あだごと》はさておき、縁は異なもの味なもの……手習所での〈神田巡り〉覚えているかい」

「そりゃ覚えていますよ。碩之進さんには大変お世話になりました。でも、神田巡りとお千代さんの事と何か関わりあるのですか」

「これがあるんだ……十年近く前、牧野先生最後の年だった。浅草橋を渡って新寺町へ行く途中、確か鳥越明神《とりこえ》の境内だったと思う。人だかりがして辻芸人がいて……そう、朝坊の浄瑠璃語りの一件がね、千代さんも口にしたというから……思い出として強く心に残っているのかもしれない」

朝坊、朝吉は今は炭問屋の丁稚奉公をしているという。

この朝吉が境内で辻芸人の一団を見つけて〈河原おもらいさん〉がいる、と言った。

長身の仙路、立膝になって手を朝吉の肩に置き、

「朝坊、おもらいさん、じゃなくて芸人さんだよ。あの女の人の三味線と男の人の語りは、義太夫といって芝居小屋でもやっているよ。皿回しも、それから講談も、素人が簡単にはできないと思う。修行が大変なんだ。ただここは木戸がないから木戸銭は払わない。後でお客さんが、自分で決めた見料を支払う仕組みなのさ」

一同、仙路のよどみない言い回しに驚いた。さらに、先生の一言「その通りだ。よくぞ言ってくれた。私は君のような弟子をもって嬉しい」でさらに驚いた。

（先生、褒め過ぎだよ、今でも恥ずかしい。俺はただ、どういう訳か辻芸が好きなだけさ。それにしても、あのお千代ちゃんが……夢のようだ）

「仙路さん、困るよ、うつろな目をして。もう一度言うよ。仙路さんのお店のことなど、局外者のあずかり知らぬこと故《ゆえ》、一度二人で会ったらいい。日どりは、奉公勤めの千代さんに合わしてもらうとして、また連絡します。えーとこれは〈いらぬ佐平次〉かもしれないが、仲良し二人で〈忍ケ丘の出会茶屋へいざ出陣〉はやめていただきます。〽それは上野か浅草か。まあ、上野なら弁財天へのお参りぐらいにとどめてください。会津屋さんを通して正式に話を進めますから」

「はい」

「いい話をまとめるのも、慣れない身には結構骨が折れます。悪い話をまとめる源次さんは、やはりすごい」

碩之進は少し疲れたのか、木漏れ日程の笑顔を残して去った。

ゴオオー、遠くで雷が鳴っている。

（俺はどうして辻芸、とりわけ猿若・講談・落し話など好きになったのだろう。浅草奥山？　いや違う、その前からだ。そうだ、すたすた坊主さんだ）

母が幼子の手を引いて歩いている。ひたすら歩いている。着かない、遠い。子の目には涙が溢れ、子の手を引く母の目も真っ赤だ。

この母との遠き道程《みちのほど》は、強烈な記憶として今も仙路の心に強く刻まれている。

仙路は生まれてから食が細く、熱が出たといっては寝込んでしまう。寝込むと長くなる。他所《よそ》の子は、風邪を引こうが風が吹こうが外を元気に走り回る。あの子のようになってほしい、と親は切に願う。子の行く末を案じ医師を頼るもその手に余り、冥護《みょうご》を頼むしかない。母は江戸中の神社仏閣祠《ほこら》へ足を運んだ。願掛け・百度参りも効験《こうけん》あらたか、とまではいかない。

暖かい春の朝まだき、母が夢を見た。この母の夢が仙路のその後を大きく変えることになる。

母と仙路は猪牙船《ちょきぶね》に乗っている。仙路が笑っている。二人は山谷堀から日本堤へ上がった。日本堤は浅草聖天《しょうでん》町から下谷三ノ輪へ続く堤防、田圃《たんぼ》の中の土手道である。

仙路は、堂々たる偉丈夫《いじょうふ》になっていた。顔付きも、きりりと引き締まっている。堀の芸者と幇間《たいこもち》が加わり、四人は手を叩いて楽しそうに歩いて行く。何やら言葉のお遊びにでも興じているのだろうか。

吉原大門《おおもん》へ続く衣文坂《えもんざか》を左に残し通り過ぎたところで、仙路が幇間に聞く「花魁《おいらん》の夢乃と振袖新造《ふりしん》の唐橋《からはし》はどうした」「おっといけねえ、呼んで来ます」

ここで目が覚めた。覚めたのが残念だった。仙路の顔が輝いていたのだ。奇妙な夢だが温かい余韻が残っている。もう少し長く夢を見ていたかった。

「あ」母は心の中で叫んだ。

「待乳山！　聖天《しょうでん》さま！　思いがそこまで行かなかった。浅草寺本堂、奥山、猿若町……いつも思いは猿若町で止まってしまう。その先まで届かなかった」

待乳山は猿若町の目と鼻の先にある。それもそのはず、猿若町は、芝居小屋三座がそろってやって来るまでは聖天町（藪ノ内）であった。

母は、待乳山聖天さま浴油《よくゆ》祈禱を思い立った。

日本橋から待乳山までは幼子にとってかなりの道のりであり、病弱な仙路にとっては、ことに厳しいものになった。

小伝馬町を過ぎたところで、もう駄々をこね始める。

「疲れて歩けない。足が痛い。家に帰りたい」

浅草御門（神田川下流に架かる浅草橋の袂《たもと》）に着く前に足が止まってしまった。已むなく馬喰《ばくろう》町の広い空地《あきち》（初音《はつね》の馬場《ばば》）へ入り、柳の木の下に腰を落とす。

紫・橙・白・紺・黒……色とりどりの反物がパタパタとたなびいている。晩春の強い日差しが容赦なく照り付け少しも涼しくない。

近くの紺屋（染物店）の職人であろうか、反物を干す手を休め話しかけてきた。

「坊主、母ちゃんと一緒でいいな。どこへ行くんだい？（両国）広小路じゃ店がまだ開いてないぜ」

「……」

母が代わりに答える。

「聖天さまにお参りを」

「おう、浅草か、そりゃすごい。お気を付けて。坊主頑張れよ」

励ましを受けても、幼子は座り込んだままで動こうとしない。

「広小路……」

母の優しい声「では両国橋と大川を見て帰りましょう」を待っていたが、思いの外強い口調が返ってきた。

「帰りませぬ。聖天さまにお参りするのです」

「心願成就《じょうじゅ》」

それからは、叱咤と休憩の繰り返し。固くなった我が子のふくらはぎを必死にもむ、泣きそうな母の顔に、子供心にも鬼気迫るものを感じた。

明け六ツに家を出たが、本龍院待乳山聖天の石碑の前に立った時は、日が高くなっていた。

母はしゃがんで、両手を我が子の肩にかけた。

「千吉（仙路の幼名）表参道は坂が急で石の階段が続きます。奥にもう一つ細道があります。坂の傾きが少し緩く道のりは少し長く木立に囲まれています。どちらの道を行きますか」

仙路は母の顔をじっと見つめる。その母の口元にやっと笑みが浮かんだ。

母子二人は、うっそうと茂った木々の中を登り始めた。松が幹を高く伸ばし、上で大きく枝を広げている。姫篠《ひめしの》の葉がさわさわと揺れている。火照った体がひんやりとして心地よい。匂いがする。少し湿った、すえたような匂いだが悪くない。良い匂いだ。胸の中がすっきりする。

「あともう少しです」の声に励まされ、一度も休まずに登り切り境内に着いた。

突然視界がパッと開けた。初めて見る雄大な景色だ。大きな川が悠々と流れている。筏《いかだ》に帆掛け船が見える。

「隅田川です。大川と同じ川なのよ。ここまで来ると呼び名が変わるの。よく頑張ったわね」

いつもの優しい母の顔になった。水が美味しい。

穏やかなお顔の出世観音菩薩が母子を見守る。母は、赤いベロをかけた歓喜地蔵尊の前で一心に手を合わせる。何体ものお地蔵さまは皆、優しい笑みを湛えていた。

「さあ、浴油祈禱をお願いしましょう」

行者の発する大音声《おんじょう》が、仙路の腹にも響いた。

帰路のことは覚えていない。母の背中でぐっすり眠ってしまったのかもしれない。

待乳山参詣から数日経ったある朝、仙路は、腹のあたりに不思議な感じを覚えた。「腹減ったな」空腹感だ。仙路の食べっぷりに、家の者は朝餉《あさげ》昼餉と二回、目を丸くした。夕餉の三回目には驚かなくなった。

翌日、名を千吉から仙路に改めた。その後千右衛門などとは呼ばれず仙路のままだ。

仙路が仙路になった丁度その頃、日本橋に、すたすた坊主が現れた。坊主頭、裸、真冬でも裸、腰にしめ縄だけ、満面の笑み。作り笑いではない、笑ったような顔なのだ。

お客に代わって神仏に参詣祈願するというが、門付芸人（願人《がんにん》坊主）の仲間であろう。

「すたすたや　すたすた坊主の　来る時は　世の中良いと　申します　旦那もおまめで　よいところ　お店も繁盛で　よいところ」

すたすた坊主が店の前に来ると母は供銭（お賽銭？）を用意する。波銭（四文）二、三枚ではない、百文と張り込む。夏場は別にして必ず大根も喜捨した（手向《たむ》けた？）。毎回同じ言葉を添えた。

「聖天さまに、心と体の毒を清めていただきます」

すたすた坊主は両手で大根を高々と掲げ、小躍りしながら口上を続けた。

「大根《でえこ》二本　預かって　これから急いで　まつちやま　それから裸の　代参り　すたすた参って　まいります　旦那のご祈禱　それご祈禱　奥様ご祈禱　なおご祈禱　坊ちゃんご祈禱　なあご祈禱　大根ご祈禱　よいところ―」

口上が終わると、素早く用意の紐で大根を背負い、風のように去って行った。

（坊主さんが来ると嬉しくて飛び出したっけ。あの坊主さん、今どうしているのだろう。姿を見せなくなったが。俺が辻芸を好きなのは坊主さんが好きだったからだ。代りに近頃見かける、ちょぼくれ坊主とか願人坊主とかは、芸達者だがあまり面白くないな。そう思うのは俺が大人になったせいかな。

違う、そうじゃない、思い出した。「坊ちゃん　達者で　よいところ」何回か頭をなでられたが、あの手は確かに温かった。冬でも温かった、裸なのに。あの坊主さん、ただの門付じゃない、ひょっとして本当に代参りを……いや神様の御つかい……いや変化《へんげ》か、菩薩さまの化身……今、ご利益が、今こうしてご利益が……

お千代さんと所帯を持つ、相携えて、なんてことが本当にあるのだろうか、夢をみているようようだ）

心浮き立つ思いの中で、一つの言葉が仙路の心に引っ掛かる。

「賢くなろう。賢人でないと人の心の痛みは理解できない」

何気ない語らいの中からの師の教えが、時に、そして今も仙路の心を揺さぶる。牧野手習所の門弟は皆一様に成長し賢くなっている。この俺は……忸怩《じくじ》たる思いが胸の中をよぎる。

俺は自分の事しか考えていないケチな野郎……だが……やはり後が続かない。〈大きな心〉って何だろう、まだわからない。

仙路は、坊主と千代の顔を思い浮かべて、ふう、と長く息を吐いた。

一天にわかに掻き曇り……風が吹いたとみるや、白い雲の峰々が一変、空一面黒雲に覆われる。暗くなった空にピカ閃光が走る。バリバリ雷鳴が響き、バラバラバラ大粒の雨が景気のいい音を立てて落ちてきた。

猪牙船

待乳山聖天出世観音

「江戸百」猿わか町よるの景

右手の芝居三座の屋根に櫓が掲げられている。興行中は、正面に座文を白く染め抜いた幕を四方に張り、神をお迎えする。芝居繁盛と江戸の町繁栄、天下泰平を祈ったのか。幕府は官許の三座以外の小屋に櫓を上げることを禁じていた。

「江戸百」馬喰町初音の馬場

初音の馬場は、関ヶ原出陣の馬揃えが行われた江戸最古の馬場だが、この時分は空地になっていた。馬喰町には、公事訴訟や裁判のため地方から来た者を宿泊させる公事宿が多くあった。

六　嘉永七年七月八月

団十郎　小圓太　勝五郎の朗報
仙路昼酒を絶ち志に立つ

「竹ヤア竹ヤア笹竹」

七月に入ると七夕竹を売り歩く行商の声が江戸市中に響く。昨年消えた大きな売り声が今年は帰って来た。

七夕祭りの前日、家々の掲げる七夕竹は屋根を越え天に向かう。願い事を書いた短冊・紙で作った硯《すずり》・算盤《そろばん》・大福帳・杯・酒徳利・瓢箪・西瓜・鯛・色とりどりの七夕飾りが風に舞う。色紙の網・紙紐《ひも》・ほおずきの数珠《じゅず》つなぎ・吹流しが風になびく。

祭りの当日七月七日は、町内総出の大仕事「引いた、引いた、エンヤラサ」年に一度の井戸替え（浚《さら》い）の日でもあった。

江戸中の井戸が洗い清められ、星に市中繁栄を願う頃、江戸の人々は、相変わらずの暑さにうだっていた。朝夕の風と雲の色に秋の気配を感じるのはもう少し先だ。

立秋（今年は十五日）になり、盂蘭盆《うらぼん》の送り火が行われ、お店の奉公人が待ちに待った年二回目の藪入りを迎える頃、やっと秋の気配が立つ。

月末に処暑（二十四節気の中気《ちゅうき》）になり虫の音が聞こえ厳しかった暑さも和らいでくる。

処暑の初候（二十四節気を各々さらに三つに分けた七十二候の一つ）は綿柎開《わたのはなしべひらく》。綿を包む咢《がく》が開く。次候は天地《てんち》始粛《はじめてさむし》。天地ハジメテ粛ス。天地の気が静まり、風・雲・空・月・星・日・水・土・草・木・花・鳥・虫・魚・人……万物があらたまる。末候は禾乃登《こくものすなわちみのる》。稲が実る。

初秋七月の次は八月のはず、が、すんなりと八月にはならなかった。

季節を分ける次の節、白露は、月の中頃やってきた。その次くるべき秋分が晦日になっても現れない。月の名前を定める中気がこないのだ。中気を含まないこの月を葉月（八月）とは呼べない。どうやら陰暦と陽暦のズレを調整する時が来たようだ。この月はもう一回七月と呼ぶことになる。

閏《うるう》七月が過ぎて八月に入ったその中日、仙路は源次を待っている。

（奥さんからの言伝《ことづて》で「明日茂里徳に」と、急に呼び出されたが、大事な話って何だろう。本も返したし、改まって何だろう。嫌な予感もするが）

奇《く》しき縁《えにし》というべきか、源次の妻は狂歌の会、待宵の会の弟子仲間であった。

源次は、待宵の会のことは承知していたが、〈知らん顔の半兵衛〉を決め込んでいたのだ。奥さんが「どうして早く言わないの」となじっても「俺は口が堅い。口八丁の商売だが余計な事は口にしない」と、涼しい顔で言い抜けたという。披露の席で、勝五郎を含めて三人が顔を見合わせ、「あれ」と声を上げたのは言うまでもない。

「お、仙公、まだしぶとく生きていやがったな」

弾んだ声の主は勝五郎だった。

（なんだ、勝ちゃんか。昨晩飲んで大騒ぎして『またな』と別れたたばかりじゃないか。それに今は八ツ、俺だって仕事はある。蠟燭売りだ。いつもここで油売っているわけじゃない）

「ご機嫌だな。何か俺に、ヨウカ（八日）・九日・十日」

「ごあいさつだな、素っ気ねえ、愛想も無ければにべもねえ。なんだよ、一人しょぼくれて茶なんぞすって」

「いらぬお世話のヤキ豆腐だ」

「あ、ソウカ（草加）・越谷・千住の先。お千代坊とオチアイ（落ち合い）橋の夕涼み、惚れた男に会いにキタ野の天満宮、君をマッチ（待乳）の山の月、とんだところへキタ山時雨、ってか」

「冗談はヨシ之介……そうじゃアリマ（有馬）の水天宮。的外れ、村外れ……」

「何だよ」

「えーと、そうだな……光の君をマッチの……」

「どうした、マッチの山の月だろう。やや、何だって？　光の君？」

「……月は出てしまった……・やがて光の君こと光源氏のご登場。大向《おおむこ》うから花道つらね（五代目団十郎の狂名）へ『待ってました』と声かかる。用向きは言わぬが花の吉野山」

「おっと合点承知之助。しからば半刻《はんとき》後出直すと致す。御免」

勝五郎は、仙路のぶっきら棒にさして気を悪くした風もなく、地口を重ねると跳ねるように茂里徳を出ていった。よほど嬉しいことがあったのだろう。

入れ替わって待ち人がやって来た。

「よっ、色男、話は聞いたぜ。〽恋は曲者忍ぶ夜の　軒の月影隠れても　余る思いの色見せて　秋の虫の音冴えわたり……」

いつもと変わらぬ軽い調子の源次だが、顔が少し険しい。

「別嬪さんと浅草の〈花やしき〉だってな。周りの花もかすんだかい。ブランコてえ物にも乗ったというじゃねえか。それで仙路、所帯は……あ、姉さん、ちょっと報せが……悪い報せだけれど、驚かないでください」

驚くな、と言われても驚かざるを得ない。

「八代目が、団十郎が、大阪《おおざか》で死んだ」

「源さん、何を言い出すんだね。違っているよ。大阪にいる七代目、元団十郎が亡くなったんだね」

「いや、八代目だ。大阪に入った八代目だ」

「……病気？　事故？　いつ？　ん、はっきりしないね。それとも、まさか、初代と同じというんじゃ……」

気色ばむ八重に「初代とは違うが」と、たじろぐ源次、

「亡くなったのは今月の六日。実は、今朝留守宅に報せたが届いたばかりなんで。そのうち読売り（瓦版）がいつもの調子で書き立て、江戸中が大変な騒ぎになるでしょう。そん時また話します」

源次は、顔を仙路に向けて、

「別嬪さんとの言い合わせ、猿若《えて》町の桟敷席で団十郎の弁慶を観る、これは叶わぬ夢となりにけり、だ。残念だが」

「あっしは元々、昼のお高い芝居より夜のお安い寄席のほうが好きですから」

（しまった、余計なことを、口が滑った。女将さん、怖い顔してこっちをにらんでいる）

「そりゃそうだろう、噺家に弟子入りを志願するくらいだから」

「え！　えー……」

（どうして、その話を源次さんが知っているのだ！　誰にも話していない、勝ちゃんにも）

源次は、手拭いを頰っ被りした。

（え、おい、おい、源次さん、何をやりだすんだ。源氏店かよ、こんな時に）

——ええ、御新造さんえ、ええ、おかみさんえ、お仙さんえ、いやさ、お仙、久しぶりだなあ
（源次さん、いくらなんでも不味《まず》いよ。「そう言うお前は」なんて調子合わせるわけないでしょう）

——主《ぬし》ア、この顔見忘れたか
源次が手拭いをめくると、八重の目が吊り上がった。さすがに「しがねえ恋の情けが仇」とは続けない。

「源さん、悪ふざけが過ぎないかい、時が時だけに」

「姉さん、料簡《りょうけん》してくだせえ。これも、俺なりの供養で。実は仙路とは数年前に逢っていたんです。それを仙路の奴、すっかり忘れてしまって」

「ほう、江戸の町は広いようで狭いのかね。

——死んだと思ったお富たあ、アお釈迦様でも気が付くめえかね。美男美女いや美男美男なら芝居になるが、源次仙路じゃ絵にならない、ただの間抜け話じゃないか。それにしても源次の源氏店とはね」

「与三郎とお富は、命の綱を取りとめて源氏店（玄冶店《げんやたな》）で再会した。団十郎は永久《とわ》に命の綱をつないでいく。俺もいつのまにか死んだ兄さんの年を超えてしまった。俺は江戸が好きだ。好きな江戸の町から消

えていくのが辛い。蝙蝠安《こうもりやす》の隣でいいから残してもらいたい」

（源次さん、言っていることが滅茶苦茶だ）

八重が、すうっと席を立った。

「昨日買いそびれちゃって、今日も来てくれて助かった」と言って外に出た。

遠くに物売りの声が聞こえる。

「すすきー、すすきー」

薄《すすき》売りだ。

外から戻り、数本の薄を手にした八重の表情は穏やかだ。

〈秋風の音を背負うやすすき売り〉

川柳だろうか、何かつぶやきながら八重は、神棚に徳利《どっくり》を一つ供えた。三方盆《さんぼうぼん》には青柿と里芋がうず高く盛られている。もう一つの徳利は、源次の前にそっと置かれた。対の二本の徳利には、お神酒《みき》が入らず、代わりに薄の穂が顔を出していた。


（あれは雑司《ぞうし》ヶ谷《がや》だった）

いつか見た雑司ヶ谷の風景、日本橋や神田とは異なるのどかな風景が仙路の脳裏に浮かんだ。

辺り一面がキラキラ光り輝いていた。薄の穂が秋の風にそよぎ、秋の陽にきらめいていた。

気分晴れ晴れ、仙路は胸の小さなつかえがやっと降りた。

（そうか、源次さんは、あの時のお席亭だったのか。不思議な人と人との巡り会わせだ。まず勝ちゃん、

次に茂里徳、碩之進さん、お千代さん、源次さん、抱儀さん。いや、勝ちゃんの前に牧野先生だ。いの一番は牧野手習所だ）

茂里徳には、秋に二回の決まり事があった。

店の外に机を出して月見のお供え物を置き、町の人に団子を振る舞うという。今日は仲秋の名月。後《のち》の月、九月の十三夜は栗名月。毎年、徳兵衛と八重はこの両日を「晴れてくれ」と祈る思いで迎えるのだ。

「さあてと、お団子を作りますか。訳のわからない弟分や偽者《にせもの》の切られ与三やお富相手じゃつまらない。真っ当な本物にお会いしたいものだね。『何か良い事ありますように』お月さまにお願いしましょう」

八重が、お勝手に引っ込むと、入れ替わりに徳兵衛が酒を持って出て来た。

「残念だね。どことなく愛嬌のあるいい役者だったのに。惜しいことをした。弔い酒をやろう」

「親父さん、先だっては本当にいい宴にしていただき有難ヤマですが、あれから時折、妙に寂しい気持ちにとらわれることがありまして」

「ふーん、そうかい」

「最前顔を出した抱儀さんも、ひょっとしたら同じような思いだったのかもしれませんね。こちらへ寄った後、また浮世絵の話になって、珍しく熱く語っていました」

「ああ、抱儀さんか」

「そう、上手く言えませんが、せめて大事な絵の命だけは永久《とわ》につながりますように、祈るような気持ちで……」

「源次さん、茶の湯を嗜む知人の受け売りだが、これも都々逸というのか私の好きな歌があって、彦根藩藩主の作だというが」

〈逢うて別れて　別れて逢うて　泣くも笑うも　後や先　末は野の風　秋の風　一期一会の　別れかな〉

「末は野の風秋の風か。いい歌ですね……親父さん、武家の出ですか」

「……違うよ、毎日登城する藩士なんか城下にほんの一握りさ。わしゃ北信州の山村で育ってね。近頃その田舎の夢をよく見るよ」

「ええ、どんな夢を？」

「寺子屋時分の悪餓鬼だろうか、笑顔で話しかけてきた。顔に心覚えがあるが名などすっかり忘れている。奴が言う。あの時はとてつもなく面白く、恐ろしく、痛かった、と」

「あの時とは？」

「奴と二人で隣村まで遊びに行った、親には告げずに。時の経つのを忘れて遊びほうけていた。洞穴や大木のガランドウへ入ったり、アカネでも追いかけていたのだろう。遠くで入相《いりあい》の鐘が鳴り、『まずい』と思うと間もなく日が沈む。ひと時夕日に照り映えた山並みが、次第に青黒くなっていく。家路への足が追い付かない。空も黒く染まっていく。突然の悲鳴、暮れ行く空を引き裂くような鋭い声が聞こえた」

「う、こっちの背中がひんやりしてきた」

「鳥が何かに怯えて鳴いたのだろう。忍び寄る夜の冷気、山犬の遠吠え、獣の咆哮《ほうこう》。樹木のざわめきにも胸が締め付けられる。月明かり無く闇に包まれていく山里は本当に恐ろしい。いつもの村のお地蔵さんの前に来て『助かった』と互いの手を取って喜び合った」

「良かった」

「ようよう家にたどり着いたが、思いもよらない仕置きが待っていた。母親にいきなり横っ面を張られたよ。一言も発せず痛みに耐えた。あの時だけ父母の役割が逆さだった」

「親父が食らわすゲンコツより痛い。なにせ平手だから〈禁じ手〉だと物言いもつけられない」

「ふふ、そうだね。夢が忘れたはずの遠い昔の出来事を、記憶の奥底に沈んでいた頬の痛みを呼び覚ましてくれたのさ。その内、懐かしい顔が次々に現れる。どういう訳か、そこに江戸者《もん》が、そう、源さんも混じって皆で、ワイワイワイのワイとな」

「私《わっし》も最前おかしな夢を見ました。いつもの湯屋へ行こうとするがどうしても着かない。グルグル回ってまた元の場所に戻ってしまう。何度も同じことを繰り返す。通り掛かった婆さんに道筋を聞くと、人の良さそうな顔に一瞬冷たい光が走る。何ともいえぬ不安な心持ちに襲われる。と、目の前にいるのは将棋の文吾、こっちを向いてうっすら笑っている。『すわ、狐め、化かしたな』縄で縛り『正体を現わせ』すると文吾の体は光り輝き『源次未熟也』の言葉を残して悠然と去った」

「ほう、面白い夢だね。文さんは紛れの無い俗人だが、どこか浮世離れしたところもある」

「狐にも仙狐《せんこ》とか天狐《てんこ》とか偉いヤツがいるようで」

「わしも九尾の狐とかにお目にかかったことはないが、狐火は子供の頃何度もこの目で見たよ。このところ狐火には、とんとお目にかかれない。何だか、昔のことが無性に懐かしい。年を取ると、折に触れてふるさとに思いを馳せる」

「ふるさとを切に懐かしむ、江戸者にも、その心情はよく分かります」

「来春にでも八重と一緒に信州へ行ってこようかと思う。木賃《きちん》宿ではなく、旅籠《はたご》でね」

「木賃宿とは古いなあ。今じゃ大きな道筋では見かけませんが」

「旅籠へ泊まるなど十年前ならそれこそ夢の話だったが、源さんや皆さんのお蔭で多少の蓄えもできた。頭は耄碌《もうろく》したが足腰だけはまだ達者だ。そう二十年ぶりになるか」

「それはいい。是非行ってらっしゃい。碓氷峠を越え追分宿から北国街道、行き帰り入れて、ざっと半月か。よし、親父さん、留守の間だけ、いい人探して店を頼みましょう」

「おや？」

「店を閉めずに煮売り屋茂里徳で続けましょう。親父さんと姉さんは信州でゆっくりしてきてください」

「源さん相変わらず頭働くね。夢から現《うつつ》への切り替えが早い。諸々宜しく頼みます」

「はい。夢から現ですか……夢現《ゆめうつつ》……夢幻《ゆめまぼろし》、現も幻……今日の俺はどうもおかしい」

「おかしかあないよ。団十郎の死を悲しむのは八重だけじゃない。私も同じさ。……なあ、源さん……八代目は自ら命を絶ったんだろう。源さんは団十郎とは近かったので思いも一際になる。無理もない。あの人は、背中に重石を負っていた……」

「……ええ、まあ」

「現も幻、現も幻か。うん、誰でも時にはおかしな心持ちにもなるよ」

「ええ、ええ、はい」

「月日は夢のように過ぎていく。老いの哀しみ別れの哀しみはどうすることもできない」

「ええ」

「私は、こう思うことにしている。ふるさとの山と川、元気に遊ぶ子供達、これだけでも残ってくれれば有難いと」

「ふるさとの山と川をこよなく愛《め》でる心、これもまたよく分かります。秋の風が薄を揺らす。無数の赤とんぼが飛び交い、子供らが飛び回る。水辺に鳥が遊び鳥が舞う。野山に鳥が戯れ鳥が帰る。これで御《おん》の字ですか」

「御の字だ」

徳兵衛は、仙路の所在無い様子と恨めしそうな顔に気が付いた。

「御大《おんたい》への道をまっしぐら、いずれ名を成し日《ひ》の本《もと》を背負って立つ仙さんと大事な話があったのでは」

「あのう、すみませんが、本所は錦糸堀の置いてけ堀より失礼します。源次さん、すっかり忘れていて、いや気が付かなくて、三笑亭都楽師匠ですか。人形町末広亭で……あの時確かにお席亭が同席していましたが、まさかそれが源次さんだったとは」

「もう、五、六年前になるか。たまたま、留守を預かっていたんだ。席亭が富士講でお山登詣《やまとうけい》だったかな。それで小圓太《こえんた》（後の三遊亭圓朝）はどうだった？」

「教えてもらった本郷の若竹へ行きました。どうにもこうにも、すごいとしか言いようがありません」

「うん」

「生まれてこの方、洒落た言葉で人を笑わした例《ためし》がない、このあっしが笑いを飯の種にするなんざ、それこそ本当のお笑い種《ぐさ》です。あの時師匠に極《き》め付けてもらって、道を違えずに良かった……」

「ははあ、あの時仙路、随分緊張していたからな。『小圓太の話を聞いてから出直せ』と言ったのはこの俺だよ。師匠は何も言わなかった」

（そうか、そうだったのか。源次さんが……小圓太か、今でもよく覚えている、忘れようがない。あの芸は、おいそれと出来る芸当ではない、神技だ。あれは俺が十五の時だったか……）

十歳そこそこの童が高座の袖から出て来た。

頬はこわばり、おどおどしている。特段面白い顔でも可愛い顔でもない。気弱な顔を深く座布団の前に沈め、そのまま動かない。やれやれ。丁寧過ぎるお辞儀を終え顔を上げると、仙路はわが目を疑った。一回り大きい真打ともいえる若者が座っていた。

小圓太は、落ち着いた物腰で三題話を演《や》ると言った。客席から集まったお題は、与太郎・簪・豆腐。

筋は簡単。裏長屋の大家は、決まった仕事がなく独り者の与太郎の行く末が心配でならない。

家賃の支払いが滞り、しきりに頭を下げる豆腐の棒手振《ぼてふり》捨吉に、大家は頭を下げた。「与太郎を雑司ヶ谷の鬼子母神様へお参りに連れて行ってくれ。ぼんやりが直りますように。安産や子育てだけの鬼子母神様ではない。何といっても仏様の守り神だからな」

お参りの帰り道、境内を出て間もなく与太郎は、銀の簪を拾い自身番に届けた。この簪、横丁で評判の女師匠（音曲師匠）が、それは大事にしていた品だった。戻らぬものとすっかり諦めていた女師匠は、思いもよらない報せに大いに喜んだ。

与太郎に望外の礼金が入った。これを元手の一部にし、町の人皆で飴売りの支度を整えた。売る時の名を勘太郎として、〈雑司ヶ谷勘太郎簪お蔭飴〉と長たらしい銘を打ち行商させた。これが評判を呼び、「俺にも一つくれ」と売上上々。めでたしめでたし。

小圓太は、居住まいを正して客席に軽く頭を下げ、下げに入る。

「本日このように与太郎どんが、飴を売り尽す事が出来ましたのも、大事な用をおっぽって足をお運びいただいたお客様のトウフイ、カンザシのお蔭でございます」

小圓太が深く頭を下げると、小屋の中は割れるような喝采、感嘆の声と拍手で溢れた。与太郎が居た。

町の人が用意した派手な衣装・背にはためくのぼり旗。鉦《かね》太鼓を鳴らし、教わった口上をひたすら繰り返す与太郎が、確かに与太郎が客の目の前に居た。凄まじい話力であった。


「そういえばあの小圓太、その後姿を全く見ませんが上方へでも修行に行きましたか」

「噺家やめたよ。歌川国芳の弟子になったという話も聞いた」

「え、廃業？　国芳？　あの小圓太が……」

「仙路、今日来てもらったのは、勿論、団十郎や小圓太の話じゃねえ、紙問屋越前屋の次男としての仙路の話だ。蠟燭の卸を任されていると聞くが、どう見ても仕事に身が入っているとは思えない。所帯を持つかもしれないというし、一体これからどうするつもりだ」

「はあ」

「ずばり言う。書物問屋やってみる気はないか。実は、書物の仲間組合から駒津屋を通して俺にきた話なのだが。この話、仙路おめえにどうかと思ってな。本といっても黄草紙とかではなく……仲間組合とは……空きになった問屋の株が売り出されていて……駒津屋が買わないかと……」

「おい、大丈夫か。聞いているのか。人が大事な話をしているのに、また頭カラッポか。こいつはとんだ見込み違いだったかな」

「すいません。源次の兄貴が小圓太の話をするから、頭の中が小圓太と感嘆の拍手で一杯になってしまって、元に戻らない」

「源次の何だって、面白い呼び方をするじゃねえか。ふふう、まあいいか。うん、拍手だと。俺の造語に〈名人上手に拍手なし〉とある」

「え、拍手なしですか」

「名人の描く世界に客がどっぷり入り込み、噺が終わっても直ぐに抜け出せない、お仕着せの拍手なんか後回し……上手いといっても所詮《しょせん》二つ目さ。だが確かに彼奴は、名人・大看板になる器だった」

「そうですね」

「いけねえ、俺まで釣られて横道に、今日は駄目だ。どうも調子が出ない。おかしな心持ちだ。問屋の話は、どのみち仙路一人の話じゃない。大きな金もかかる、越前屋絡みの話だ。親父や兄貴に話をし、自分でもよく考えてみてくれ。仕切り直しだ。とりあえず二十六の日、二十六夜待の日とするか」

「はい」

「これから深川の万年橋のふもとへ行って亀でも買うよ」

「え、万年橋で亀？　亀は万年？　ああ、放生会《ほうじょうえ》ですか」

「うん、小名木《おなぎ》川、いや大川に放してやるよ」

「生けるを放す所の法　仏ホットケ亀救え　仏の教え放生会」

源次は、何やらブツブツと経のように低い声でつぶやき、目を閉じて手を合わせた。死を悼み死者の冥福を祈っているのか、そのまま動かない。時の経つのが長く感じる。

やおら目を開けた、にわか仏徒は頭を下げ無言のまま立ち去った。

（どうしたのだろう、この胸が締め付けられるような切ない心持ちは。団十郎はもうこの世にいない。今頃になって悲しくなるなんて。頭が混乱してきた。小圓太や亀の心配をしている場合じゃないぞ。俺は一体今まで何をしてきたのだ。何をやっているのだ。分家の話も逃げまくり、源次さんのように独り立ちするでもなく、お千代さんとのこともあるし……）

「親父さん、酒を一杯、冷酒《ひや》で」

（本か。芭蕉・古典・北越雪譜・塵劫記《じんこうき》・詰将棋……確かに貸本屋の柳亭種彦だけが本じゃない。世の中に、為になる良い本は沢山ある、けど値が張るよな。うーん、本の前に蠟燭か。蠟燭もまだ値が高く、庶民には手がでない、廉価な櫨蠟《はぜろう》がもっと広まって……）

「光の君はお帰りかな。お一人でお取込み中誠に恐れイリ谷の鬼子母神、少々宜しいかな」

「う、勝ちゃん。地口遊び・時代物遊びは終わりなご……終《しま》いだ。うまく切り返された。切り替えしに裾払い、内掛けに内無双と、勝ちゃんには散々な目にあった。もう沢山だ」

「何の話だ。相撲かよ」

「相撲も地口も俺の負けだ」

「いや、そうでもない。極め出されて一度仙ちゃんに負けたことがあった。あれから仕掛けを早めたのさ。地口も上々、大向うから花道つらね、など貴公の才には感服つかまつった」

「いい加減にしろ、怒るぞ。俺の頭は、勝ちゃんのように出来が良くない。すぐに一杯になっちゃうのさ。難しい話なら今日は御免だぜ」

「源次さんと兄弟の契りでも交わしたのか。それは重畳《ちょうじょう》、対談仙路てえのも悪くないな。はは、まあそう怒るなよ。ちょいとばかし、俺にいい話があってね」

勝五郎のいい話とは。

神田明神境内で思いもよらない人に、たまさか会ったという。

奉納する算額の絵馬を手にした勝五郎が、境内で俳諧師の守村抱儀に呼び止められた。抱儀は、たまたま用事に合わせて参拝に寄ったのだ。

これは奇遇と茶屋に入り、話は勝五郎の手にある絵馬に。抱儀は、勝五郎が作った問題と聞いて驚き、問題の難しさに驚き、解き方の鮮やかさに驚き、仕事は大工で算術塾に通いだしてまだ一か月と聞いて、また驚いた。

抱儀は、顔馴染みの俳諧の会とは別に、若者相手の俳諧塾を開こうと、隠居所の建て増しを考えていた。そこで、この仕事を勝五郎に任せよう、と言い出した。

「有難いお話で。しかし、見ての通りの駆け出し、親方の許しを得ずに勝手なことをできるはずもありません」

「親方は誰だ」

「竪大工町の喜三郎」

「喜三郎親方なら知っているから私が上手く話を通す」

話がとんとん拍子に進み、今朝親方は兄弟子二名に頭を下げた。

「今度の仕事に限り棟梁は勝五郎だ。俺は後見する。勝五郎の言葉は俺の言葉だ。どうか勝五郎を助けてやってくれ」

兄さん二人は了解した。

「そりゃすごい。棟梁か。やったな。なるほど、はしゃぐのも無理はない。やあ目出度い、これこそ本当のテッペン重畳だ。親父さん、お酒もう一杯」

仙路が顔をほころばせると、緩んでいた勝五郎の口元が少し引き締まった。

「驕《おご》りは禁物。独り立ちには後十年かかる」

「十年？　どうして」

「いいか、木の目利き、刃物の研ぎ方から始まって何から何まで、大工の腕は親方は勿論兄さんにも遠く及ばない。今度のは、大きな普請じゃないから親方なら、手元（見習いの手伝い）を別にして、数日一人二人の助《すけ》を貰えば一人でできる仕事だ。俺は端《はな》から助《す》けてもらわなければ前に進めない」

「それで大丈夫なのかよ」

「しんぱい無用、全《まっと》うするぜ。仕事の段取りを仕切れるかどうかが勝負かな。うん、ほんというと、抱儀さんの話を聞いてやりたい仕事があった。何だと思う？」

「何だよ、もったいぶるな」

「これを忘れちゃ始まらない、図面引きさ。これには自信がある。お手の物だ。それに俺には名刀鉋《かんな》之介が付いている。大丈夫だ。台も手に馴染ませてある。今まで遠慮していたが、今後は大手を振って使わせてもらう、任せとけ」

「よし、分かった。お祝いだ。末の大棟梁への前祝いだ。そうだな、明後日十七日七ツ半空けられるかい」

「いいよ」

「おふくろさんも一緒にどうだい。屋台の寿司とか天ぷら、食べられるよな」

「おふくろは関係ないだろう」

勝五郎の顔から一瞬笑みが消え、真顔になった。

（関係なくはないだろう。勝ちゃんの奉公明けの時のおふくろさんの喜びの涙、おいらも貰い泣き……）

仙路は、初めて裏長屋の勝五郎の住まいを訪ねた時のことを思い出した。


白壁町といっても勿論白壁は見当たらない。勝五郎は父の顔を覚えていなかった。左官職人だった父を早くに亡くしていたのだ。

やせた勝五郎の母と太目の自分の母の姿が頭の中で交錯し、仙路の頭は混乱する。

勝五郎の母は、背を丸めて小さな体をさらに小さくして仙路に頭を下げた。

「いつも勝五郎がお世話になっておりまして、ありがとうございます」

仙路の母は口癖のようによく口にしていた。

「他所の子は食べたいと言って泣く。仙路は食べたくないと言って泣いた。他所の親は、お百姓さんの苦労を思い、飯一粒たりとも徒《あだ》や疎《おろそ》かにしてはならぬ、と教える。仙路には教えようがなかった。全く罰当たりなことです」


（じれったい、何か気の利いたことを言いたいが何も浮かばない）

「勝の字、いいかよく聞け、もうこれ以上の無礼は許さねえ」

「何のこっちゃ」

「何がって、その鉋之助だったけ、鉋のことよ」

「ああ、越後は与板の鉋のことか」

「奉公明けの心ばかりの祝いの品だったのに。『只で貰《もら》う訳にはいかない』とか言って、人の好意を無碍《むげ》にして、よくもまあ毎月きちんと支払い続けたものよ」

「貧乏人の意地かもしれないが……」

「俺は蠟燭売りだが鉋は売らねえ」

「そう熱くなるな。俺も大人げないとも思ったが、やはり貰わなくて良かったよ」

「そこがどうもよく分からねえ」

「貧乏人と金持ちがいる。普通は金持ちの勝ちだが、逆になることもある。金持ちの心の負担になってな」

「おい、随分小難しい遠回しの言い草だな」

「無頓着で鈍感な抜け作仙路が、俺の貧乏にだけは妙に気を使っていた。逆手を取ってここは俺が意地を張るところだぜ」

「何の話か分からねえ。気の回らねえこの俺が、勝ちゃんに気を使っていた？　そうかなあ？　頭のほうがグルグル回りだした。勘弁してくれよ」

「つまらないことを口にした。忘れてくれ。言い直すぜ、負い目になるのがいやだった。お互いの生まれた家は、貰った絵のように取り換えっこできない。それぞれが胸を張って生きていくってことよ」

「ちげえねえ。ひょんなこと言われると調子が狂う。えっと、元に戻してと。職人の魂、職人気質《かたぎ》だかなんだか知らないが、べらぼうめ」

「ふふ、仙ちゃんのべらぼうか。べらぼうに威勢がいいね」

「俺も商人の端くれ、算盤弾《そろばん》いてのことよ」

「算盤？」

「じゃあ白状するぜ。親父さんお酒お代り。うん、前もって少々の恩を売っておく。そこで勝五郎親方に町方の学問所を建ててもらうのさ。その大棟梁の手間賃を値切ろうってえ寸法さ」

「学問所？」

「そうよ学問所さ、いや、昌平坂とは違う。俺の兄貴とは違う」

「仙ちゃんの兄さんは袴はいて武家に混じって毎日仰高門《ぎょうこうもん》だったけ」

「ああ、しかめっ面で、シ、ノタマワク、素読《そどく》素読にまた素読、そんなの真っ平御免、金毘羅《こんぴら》素麺《そうめん》。算術・医術・忍術・古典・俳諧……好きな学問を好きなだけ学ぶのさ」

「忍術？　俺も教えてもらって霧隠才蔵にでもなろうかな」

「まぜっかいすな。碩之進さんには、算術の先生に、あ、そうだ、碩之進さん、明後日都合つかないかな。声を掛けよう」

「ああ、俺が聞いてみる」

「今度は俺が一切を仕切る。おふくろさんも忘れるな、いいな」

「仙ちゃん大丈夫か。随分熱いな、キヨモリ（清盛）さんで、熱でもあるのか、知恵熱か。酔ったのか。ああ、酒に強いのは知っている、他はともかくな……他は……」

「何だよ」

「他に……強いもの……アサがあったか。夕《ゆん》べ切り出さなかったが、言わしてもらおうか」

「言ってくれ」

「仙ちゃん、とんだ悪党《わる》だな。犯した悪行の日々お天道《てんとう》さまがお見通しだ」

　勝五郎の目は笑っている。

「藪から棒に悪党か。今日はなんだか疲れた。十年分の頭を使い切った。もう怒る気にもなれない。何か言いたいんだろ、聞くよ。但し悪いことはしてないぜ。良い事もしてないが」

「その良い事よ、仙路先生、朝五ツ明六ツどころか、暁七ツにはお目覚めのようで」

「……」

「仙ちゃん、水臭いぜ。良い事は大いに、ケッコウ日光東照宮。だが、隠し事はいただけない」

「う……」

「碩之進さんから聞いた。随分前から知っていたそうだ。大きな願掛けだからそっとしておけと言われたよ。毎日、順繰りに路地のごみを拾っているんだってな。木戸が開くのを待って神田の神社仏閣にも出張《でば》るそうな。風雨いとわず、と言うのは簡単だが、小雨の日に蓑をまとってとは恐れ入る。手習時代から十年以上、願掛けにしちゃ長すぎる。そうだろう」

「……見られていたのか。ふふ、確かに悪いことはできないな。お察しの通り信心とか願掛けなんて立派なものじゃない。なあに、朝飯前のひと稼ぎさ」

「何を稼ぐんだい」

「ごみを拾うふりをして落ちている銭や物を拾う、ただそれだけのことさ」

「屑入と炭挟みを持って十年間、冬も夏も毎日、薄暗い中銭拾いか」

「ああ」

「仙ちゃん、空好きかい？」

「空？　好き？……勝ちゃんにしては間の抜けた問いだな。呼び名を抜け勝とするぜ。空……物心つく頃、家の中から空ばかり眺めていた。今でも同じかな。空をぼうっと見ていると、空の中に吸い込まれていく。すると、どこへでも飛んで行けるんだ、そう、吉野でも、勝ちゃんと並んで行進している昔の柳原土手でも、アムステルダムでも」

「仙ちゃん、朝焼けが綺麗だよな。刻々と色が変わる。薄紅・韓紅《からくれない》・紅緋《べにひ》……お日様が顔を出すまでこの一時が、俺は好きだ。腹の底から力が湧いてくる。今朝は、仕事場へ向かう途中だった。すごかったな」

「如何《いか》さまなあ、東の空が、そうだ今朝は空一面の雲が朱色に染まっていた。確かに朝焼けの日は四文の得だ」

「ん、気のせいか少し冴えてきたな。〈あむすてるだむ〉仙人の呪文も唱えるし。それにしても大店のどら息子が白河夜船夢の中の刻に、せっせと銭拾いか。お見事、仕事をしながら朝焼けを見ていたとは。何だか俺の負けかな……負けました」

「ああ」

「なあ、仙ちゃん、勝つばかりが人の道じゃないよな」

「うん」

「勝ったり負けたり、助けたり助けられたり。俺も仙ちゃんの間抜け面、いや元へ、仙路さんには随分助けられた。今も、これからもだ」

「ああ」

「先刻来の悪口雑言、長年の悪態三昧《ざんまい》お許しあれ。暁の仙路大明神に天罰下だされねえうちに退散退散、くわばらくわばら」

何を考えていたんだっけ。蠟燭か。そうだ、蠟燭がもっと巷に広まり、もう少し安くなり、さらに広まって……夜本も読める。よし、蠟燭を売るぞ。……今日は駄目か。

この酒がいかん。店回りにはまずい。よし、明日から心入れ替え性根を据えて、しっかり仕事をするぞ。本屋の話はその後だ。昼酒は隠居の後だ。

隠居したら、昼から酒をたらふく飲んで若い奴らに絡むのさ。


「おい、お前ら、こいつ等知っているか。皆俺のダチだ。面倒みてやったのよ」

「ダチ？」

「初端《しょっぱな》は強いところで、天下無双の雷電為右衛門《ためえもん》。お次は大田南畝《なんぽ》、狂名は四方赤良で万歳狂歌集を編纂《へんさん》し後に大田蜀山人と名乗る。続いて軽妙洒脱な作品群、江戸琳派酒井抱一。次に控えしは北信濃生まれの俳諧師小林一茶。壮心ヤマズ茂呂《もろ》何丸。えーい、十辺舎一九も俺の朋輩だ。算聖関孝和、ちとこれは古過ぎるか。その弟子の弟子の弟子、縄白根《なわしらね》権兵衛とでもしておくか。ふふふ」

「酔っぱらいの爺《じじい》が、夢でも見て何かほざいていらあ」

「おうよ、夢よ。酒じゃねえ、夢に酔っているのさ。覚めることのねえ夢よ」

「夢、夢と、夢の大安売りか」

「ほらよ〈夢の夢こそあはれなれ〉てな、近松のお初徳兵衛（曾根崎心中）よ」

「もう夢は勘弁してくれ」

「こっちこそ勘弁な。俺の夢は昔からで年季が入っている。真っ昼間にみる昔の夢でな。今も昔の夢を見ていた。前の女将《おかみ》さん、え、知らねえのかい、おっかねえ女将さんがいてな、おらが内のガミガミ山の神より、もっと怖いんだ。よく叱られたものさ『夢路をたどるその前に地に足をつけろ』てな。女将さんの戒《いまし》め、有難く半分頂戴《ちょうだい》したよ。後の半分は聞き流して夢の路を歩いた。前半分のお蔭で今こうして酒が飲める。後《あと》半分のお蔭でこうして夢の話ができる」

いつの間にか、店の亭主夫婦が仙路を見て笑っている。

「気持ち悪いね。一人ニタニタと」

八重に続いて徳兵衛も、おもむろに口を開いた。

「仙さん、あんたなかなか器用だね。世の中にゃ泣き笑いとか嬉し泣きとかあるようだが、嬉し怒りは初めてみた。長生きすると珍しいものにお目にかかれる」

八重も続ける。

「それにしても忙しい人だね。宙に漂う青瓢箪が大喜びしたかと思えば急に怒りだす。町方の学問所？朝っぱらから銭拾い？　今はどうしたね、器量よしの笑顔でも思い浮かべていたのかい？」

「親父さん、女将さん、決めました」

「何を」

「はい。明日から昼酒を止めます」

「昼酒を飲みながらさんざん考えた挙句決めた事が、『昼酒を止めます』か。呆れたね、とんだ滅法界《めっぽうかい》だ」

仙路は外に出た。風が心地よい。すじ雲がゆっくりゆっくり流れていく。仙路は足を止めた。雲は少しずつ形を変えていく。うっすら雲を透かして見る空は澄み渡っている。抜けるような青空だ。今宵は良夜に、南の空高く満月が浮かぶであろう。いよいよ輝きを増した月の光は、煌々《こうこう》と江戸の町々を照らすであろう。

辰吉は、端唄の一つでも唄っているのだろうか。蝙蝠安は、今晩はどの町で押し借りをするのだろうか。

ありゃ、ありゃりゃ。真向いから来る女《ひと》、美人だ。なんて綺麗な女なのだろう。見たことがある。知っている。そうだ、美人図だ。似ている！　狂歌の師匠、庄左衛門の床の間に飾られている、酔夢亭蕉鹿《すいむていしょうろく》の美人画だ。

髪に梅の意匠の銀の簪が一輪、絵から抜き出た美人は、仙路の顔を見ることなく急ぎ足ですれ違った。沈香《じんこう》いや伽羅《きゃら》か、かすかに香木の香りが残った。

仙路は振り向かない。

風に乗って、物売りが打ち鳴らしているのだろう、鳴り物の音が聞こえてきた。耳を澄ますと懐かしい口上もきこえる。

「かんかんかんざし　かんたろう　かんざしひろった　おかげあめ　ぞうしがやの　おかげあめ　びっくりとっくり　おいしいよ　けっこうべっこう　おいしいよ　たべてみなさん　おいしいよ　かんかんかんかんざし………　たべてみなさい　おいいしいよ　かんかんかんざし………」

「江戸百」市中繁栄七夕祭

色鮮やかな七夕飾りが林立している。子供たちは手習いの上達を願い短冊に詩歌などを書いた。盃・瓢箪・徳利も。右奥に江戸城が見える。

「江戸百」王子装束ゑのき大晦日の狐火

寒空にきらめく星と怪しく揺れる狐火に照らし出された榎。狐火は王子稲荷社まで続く。闇に包まれた森の木々の先は緑・・春が近い。この版画は是非、現物を手に取って見ていただきたい。

巻末問答

問1：謎解坊春雪は実在したの？

答1：実在しました。文化の頃浅草奥山にて、二十文なにがしの木戸銭を取って客を小屋に入れ、見物人から謎をかけさせ、これを即座に解いたといいます。

謎掛けといえば、私の頭の中には、一つの節が流れます。歌謡漫談「東京ボーイズ」の〽なぞかけ音頭で解くならば……

問2：狂歌とは？

答2：膨大な数の狂歌が残されています。例として五つ挙げます。

楽しみは春の桜に秋の月夫婦仲よく三度くふめし（花道つらね・五代目市川団十郎）

月見酒下戸と上戸の顔見れば青山もあり赤坂もあり（唐衣橘州）

早蕨《さわらび》の握りこぶしを振り上げて山の横面《よこつら》はる風ぞ吹く（四方赤良）

世の中はわれより先に用のある人のあしあと橋の上の霜（四方赤良）

最後は蜀山先生（四方赤良と同一）狂歌百人一首より

わが庵《いほ》はみやこの辰巳《たつみ》ひつじ申酉《さるとり》戌亥《いぬい》子《ね》丑寅《うしとら》う治

この歌の元歌は有名です。

わが廬《いほ》は都のたつみしかぞすむ世をうぢ山と人はいふなり（喜撰法師　古今和歌集）

蜀山人は十二支を全て詠み込み、終わりを「卯《う》ぢ」（喜撰法師は「憂し」と「宇治」をかけている）でまとめています。

わがいおは　みやこのたつみ　うまひつじ　さるとりいぬい　ねうしとらうぢ

声に出してみると、蜀山人狂歌の面白さ、凄さが理解できます。

さて、ここで重ねて質問。喜多川歌麿、葛飾北斎、山東京伝、歌川広重、以上四人が共通して携わったことのある仕事の中身は？

残念ながら「春画」ではありません。京伝は「浮世絵師」でもありますが、ここでの正解は「狂歌本の挿絵」または「狂歌絵本」とします。狂歌を抜きにして江戸時代の文化を語ることは出来ません。

問3：清元と長唄の掛合い「喜撰」とは？

答3：喜撰法師は、紀貫之が選んだ六歌仙の一人であり高僧です。古今和歌集仮名序では「ことばかすかにしてはじめをはりたしかならず……」と評されています。

ところが、歌舞伎舞踊「六歌《ろっか》仙容彩《せんかたちのいろどり》」「喜撰」では実物像とはかけ離れた姿を見せます。喜撰は、軽妙で面白おかしい踊りを披露しながら登場し、茶汲み女祇園のお梶（実は小野小町）を口説きにかかります。二人は清元と長唄の掛け合いで踊ります。お梶が奥に引っ込んだ後、願人坊主の大道芸「チョボクレ」や弟子たちによる「住吉踊り」になります。

「喜撰」は坂東三津五郎家（七代～十代）が得意演目としています。

問4：江戸切絵図を見ると「今川橋跡」となっているが？

答4：竜閑川（神田掘又は神田八丁堀）は、安政四年（一八五七年）に一度埋め立てられ、今川橋も一旦姿を消しました。その後、堀は明治十六年に再度開削されましたが、昭和二十五年（一九五〇年）戦後の残土処理のため再び埋め立てられました。（神田八丁堀碑より）今川橋は、郵便局と交差点にその名を残しています。尚、今川橋は、今川焼の名の由来になった（今川橋のふもとで売られていた）と言われています。

問5：回向院の勧進相撲の開催は春冬の二回だった？

答5：川柳に「一年を二十日で暮らすよい男」とあります。江戸の勧進相撲は春（二月）、冬（十一月）各々晴天十日間興業されました。

当時の勝敗表で、たまに「六勝一敗一分一預」など目にします。「分」は、行司が「水入り」を宣した後取り組みを再開し、なおも勝負がつかず「引き分け」ということでしょう。では「預」とはなんでしょうか。

式亭三馬の滑稽本「浮世床」に「預り」がでてきます。髪結いの鬢《びん》さんと作兵衛（上方の商人か）との間で、ちょっとした「江戸・上方論争」になり、別の客が間に割って入ります。「東西只今《ただいま》の角力《すもう》行司預り置ます」で、皆笑う。軍配代りの扇子を真上に上げていたかもしれません。

「預り」には、物言いがついた後、審判や役員が「預る」場合の他に、きわどい相撲で勝負を決められず、行司が「預る」場合があったようです。「無」（無勝負）もありますが。

問6：「月代とひげを綺麗に剃り」とあるが、自分で剃ったの？

答6：月代は妻に剃ってもらうことはあっても自分で剃るのは難しいでしょう。

「浮世床」で三馬が描く「髪さんの髪結い床」は朝からお客が押しかけ繁盛しています。町人は、勿論人によりきりでしょうが、かなりの頻度で髪結い床を利用したようです。また武家や大店では「廻り髪結い」（出張床屋・歌舞伎の髪結新三がこれ）を利用しました。将軍のひげ剃りは小姓の大事な仕事でした。

江戸時代は「ひげ剃りの時代」と言えるかもしれません。ひげをはやして虚勢を張る、他者を威圧する、とは言い過ぎかもしれませんが、「ひげを権威の象徴とした時代」ではなかったようです。

問7：嘉永六年（一八五三年）は黒船来寇、七年は日米和親条約調印の年だが、大衆芸能史として大事件は？

答7：嘉永六年三月からの与話情浮名横櫛（切られ与三）（三代目瀬川如皐《じょこう》が八代目の為に書き下ろした。春日八郎の「お富さん」でも有名）は大当たりを取りました。敵役の赤間源左衛門に扮した関三郎という役者が、見物人から散々罵倒（役者ではなく源左衛門として）されたあげく花道を「引っ込む」際、煙管で足を痛打されるという珍事も起きたほどでした。

その切られ与三こと、人気役者八代目市川団十郎は、翌年三十一歳の若さで突然この世を去りました。人々の驚きと悲しみはいかばかりであったでしょう。

問8：「ニカイ（中二階の上）」とは？　当時の芝居小屋は三階建てだったのでは？

答8：確かに、歌川国貞はその名もズバリ「市村座三階ノ図」で楽屋内部を描いています。楽屋関係者の集まりや稽古は三階の板の間と決まっていたようです。

当時は火災が頻発し、幕府は町屋の三階建てを禁止していました。芝居小屋はその禁令に対処するため、実際は三階建てにもかかわらず「一階・中二階・二階」の「二階建て」として届けた、という説があります。国貞の浮世絵と矛盾しますし少々おかしな話ですが、本書では「名ばかり二階説」を採りました。

問9：初午《はつうま》祭は賑やかだった？
答9：賑やかでした。

浮世絵から当時の賑わいが偲べます。勝川春章の「正一位三囲《みめぐり》稲荷大明神」や北尾重政「祭礼初午」、葛飾北斎「初午」、豊国三代（歌川国貞が襲名）「王子稲荷初午祭ノ図」を見ると、初午祭が基本的には子供のお祭りであったことが分かります。

書物ではどうでしょうか。今泉みね（将軍御典医で公認の蘭医桂川家の娘、一八五五年―一九三七年）の口述による自叙伝「名ごりの夢」は、「大川端」「そのころの隅田川」「向島と上野」「七夕」「花火の両国」「月見」「芸者のはなし」等身近な事柄を題材とし、平易な文章つまり名文で綴られています。過ぎ去った日々、町の賑わい、美しい景色、風情、人々の思いが伝わってきます。それでは、平凡社東洋文庫「名ごりの夢」中「初午まつり」より、

「邸の中に大きな稲荷堂があって、初午になるとその前に小屋掛けをします。大だいこ小だいこを鳴らしたり、笛を吹いたり、面をかぶって踊ったり、それはそれは賑やかなお祭りがはじまります。……それから毎年初午にはこの言い伝えで賑やかにお祭りをすると言う話でした。洋学家でどうして

こんな迷信があるかと子ども心に思っていましたが、うそだろうと思っても大人がまじめに話されるので、今も頭に残って、テレンコテレンコと言う太鼓の音が耳に響いて、絵のようなそのころの有様が目の前にちらつきます。」

問10：江戸時代後期、江戸一番の花見の名所は？　上野のお山か飛鳥山、それとも？
答10：上野の桜は江戸時代から有名で、特に早咲きの彼岸桜が江戸市民に親しまれていました。ただ、上野山は徳川将軍家の菩提寺である寛永寺の敷地内であり、締め付けが次第に緩んだとはいえ、調子者の江戸市民も、はばかって大酒飲んでの大騒ぎ・放吟は出来なかったのでは。

王子稲荷社の南にある飛鳥山には、八代将軍吉宗の命によって吉野の桜の苗木が植えられ、現在も多くの人を楽しませています。「江戸百」「飛鳥山北の眺望」では、思い思いに春を楽しむ人々（毛氈《もうせん》を引いて酒を飲む人、紅・白の扇子を持って踊る人、和傘を差して花を愛でる人、遠くの素晴らしい景色を眺める人）が描かれています。落語「花見の仇討」で、「親のカタキ――」四人の仲間が受けを狙っての花見の趣向（茶番）を演じようとしたのもこの飛鳥山（噺家の流派によっては上野）です。

吉宗が整備拡充させた花の名所としては他に、品川の御殿山（切絵図に「櫻ノ名所ナリ」の記載、異例！）、小金井の玉川上水沿いなどが挙げられます。落語「長屋の花見」で貧乏長屋の住人が繰り出した向島の桜（浅草側からみて隅田川対岸の川堤）には、多くの花見客が訪れ、たいへん賑わいました。

まとめますと「上野窮屈、王子は遠い。それじゃ川の向こうへ向島。花の隧道向島」ということに？

問11：願人坊主とは？

答11：元々、願人とは（お客に代わって）神仏に祈願する人です。本書でも触れましたが、江戸期後半の願人坊主は、住吉踊り・あほだら教など様々な芸（門付け、街頭での大道芸）を行い、銭を稼ぐ存在となっていました。

「半七捕物帳」の作者、岡本綺堂は戯曲（新歌舞伎）も著しており、その一つに「権三《ごんざ》と助十《すけじゅう》」があります。大岡政談の一挿話を題材としています。駕籠かきの権三とその女房おかん、相棒の助十とその弟助八の四人は、人品よろしからず乱暴な言葉が（時に人権無視も）飛び交います。大坂から彦三郎という若者が家主の六郎兵衛を訪ねて来て、話は大きな展開を見せますが、前述の四人は、存外意気地なしで身勝手なところもあり、どこまでいっても人情味溢れる好人物とまでは言い切れません。

願人坊主の雲哲と願哲は、四人の住む「破れ障子のあばら屋」の住人です。猿回しの興助と共に、おとなしめの脇役として登場しています。

狭い土地に大勢の町人がひしめいていた江戸の町（江戸切絵図を見れば瞭然、武家地寺社地が広い）、中でも、願人坊主らの住環境等は極めて劣悪だったでしょう。ですが、私が何かにつけて思い浮かべるのは、したたかに逞しく生きていた大道芸人達の姿です。三一《さんぴん》、二本差《りゃんこ》何するものぞ。

物の本には、「願人坊主は乞胸《ごうむね》と同様の賤民」との記述もありますが、分断されることなく町人社会に溶け込んでいた印象を持ちます。願人坊主にとって明治より江戸期の方が住み安かったのかもしれません。

問12：「大川の水ゴリさん」とは？
答12：「お毛が（怪我）なくておめでたい」落語「大山詣り」の下げ（落ち）です。大山詣（相模国大山登拝）は江戸人に大変な人気でした。
向う両国（東側）の大川下流に垢離場があって、大山詣をする人は垢離を取って身を清めてから出発しました。水垢離とは、冷水を浴び体の穢れを取ることです。「江戸百」「浅草川大川端宮戸川」には、垢離を取った後、舟に乗って岸に向かう大山講の人々が描かれています。また、広重の保永堂版「東海道五拾三次之内藤沢」にも橋を渡る大山講の一行が描かれています。

問13：「雪月花」とはよく聞くが？

答13：白居易（白楽天、七七二年〜八四六年）の詩「雪月花ノ時最モ憶フ君ヲ」に由来します。が、後に万葉集編纂に深く関わる大伴家持が、三十二歳の頃（七四九年頃）既に雪・月・花を織り込み「愛しい人がいてくれたらなあ」と詠んでいます。

雪の上に照れる月夜に梅の花折りて贈らむ愛しき子もがも（万葉集）

雪月花を画題にした江戸絵画は、鈴木春信・勝川春章・歌川豊春・狩野栄信《ながのぶ》・酒井抱一・歌川広重……枚挙にいとまがありません。宝塚歌劇団の組名にもなっています。

昨年（二〇一四年）驚きの報道がありました。

――幻の大作、喜多川歌麿「深川の雪」を発見、修復が終了し六六年ぶりに一般公開（箱根町岡田美術館）へ

「深川の雪」は「品川の月」（米フリーア美術館所蔵）「吉原の花」（米ワズワース・アセーニアム美術館所蔵）と共に、「雪月花三部作」として歌麿肉筆画の最高傑作と評されています。（落款は無く、制作時期とサイズが異なりますが）

「雪月花三部作」は、歌麿が頼っていた栃木の豪商「釜喜」四代目善野喜兵衛（狂歌師名つまり狂名、通用亭徳成）もしくは分家「釜伊」の善野伊兵衛が、歌麿（狂名、筆綾丸《ふでのあやまる》）に制作を依頼したと伝えられています。

「深川の雪」は大きい（縦約二m、横約三・五m）。人々が手元に置いて楽しんだ浮世絵版画とはもともと比較になりませんが、例えば「ビードロを吹く娘」は約三九㎝×約二六㎝です。また、尾形光琳の「紅白梅図屏風」は約一・六m×約一・七m×二（一双）です。とにかく「深川の雪」は大きいのです。大きな絵の中で、二十六人の女性（一人は坊や）が、それぞれ生き生きと動き、輝きを放っています。鮮やかに蘇った深川料理茶屋の世界は、奇跡を見るかのようです。

問14：将棋？　何が面白いの？　将棋は他のゲームと何が違うの？

答14：将棋の駒の形が特徴的です。

では、その形は？　そもそも何角形？

先の尖った五角形です。日本の将棋は、色ではなく駒の向きで敵味方を区別します。この変わった駒の形が、日本独特のルール「取り駒再使用可」を成立させ、ゲームの中身をさらに複雑なものにしました。試合が終わると四十枚の駒は敵味方なく一つの箱または袋に収まります。「完全なノーサイド」です。

問15：「負けてクヤシキ花やしき」の「花やしき」とは？

答15：現在も、遊園地「浅草花やしき」が賑わっています。前身は、嘉永六年（一八五三年）「花屋敷」名にて開園した、その名の示すごとく、花と樹木の庭園です。「花屋敷」に関して「武江《ぶこう》年表」に興味深い記述が残されています。

「江戸名所図会」の完成で有名な江戸神田雉子町《きじちょう》の町名主、斎藤月岑《げっしん》（一八〇四年～七八年）は、武蔵国江戸（武江）二百八十余年の詳細な記録「武江年表」を著しました。天正十八年（一五九〇年）「台駕（家康）はじめて江戸の御城へ入らせ給へり」から明治六年（一八七三年）までの、火事（非常に多い）・災害・気象・風俗・出来事・巷談・芝居等の文化・神社祭礼仏閣行事（取り分け開帳の記述が多い）諸々が詳しく記されています。この市井の歴史書を読むと新たな発見があります。例えば招魂社（明治二年創建。明治十二年靖国神社と改称）関連の記事です。二年に一度祭礼が開催される神田大（明）神や日枝大神（山王権現）、あるいは浅草寺・寛永寺などより記事になる頻度が高く、要点となる単語だけ抽出すると、太神楽《だいかぐら》・祝砲・花火・相撲・町々飾り物・水茶屋・伎踊《おどり》・練り物・競馬・曲馬、となります。東京市民から親しみを持たれていた社の姿が浮かび上がります。九段坂上の社は、市民の「お祭り騒ぎ」の対象としての側面を、創建からある期間は持っていたようです。

前置きが長くなりました。浅草の「花屋敷」へ戻ります。平凡社東洋文庫増訂「武江年表」「嘉永五年壬子《みずのえね》」の記述からです。

「春の頃より、浅草奥山乾（北西）の隅林の内六千余坪の所、喬木を伐り梅樹数株を栽へ、また四時（四季）の草木をも栽へ、池を掘りて趣をなし、所々に小亭を設く。夏に至り成就し、六月より諸人遊観せしむ（千駄木植木屋六三郎の発起なり）。」

「花屋敷」名での正式開園の前年、既に一般公開されていたようです。

広重の浮世絵三枚続「浅草金龍山奥山花屋敷」や山田屋版「浅草奥山花やしき」などには、広々とした敷地内を寛いだ表情で散策する客（女性が多い）が描かれています。

問16：「空に向かって伸びていく九段坂」とは？

答16：葛飾北斎の浮世絵「九段牛ヶ淵」を見て驚きました。九段坂が入道雲と一体になって空に向かっていくかのようです。天才北斎独特の強調かもしれませんが、九段坂が急峻な坂であったことは間違いありません。関東大震災後の復興事業で大規模な掘削工事が行われ、昭和に入って現在のようななだらかな坂になりました。因みに広重も九段坂を描いています。（東都名所坂つくしの内飯田町九段坂ノ図）

押しなべて江戸の坂は、明治以降削り取られ緩やかになったようです。

問17：斎藤別当実盛とは？

答17：芝居（歌舞伎）源平布引滝「実盛物語」で物語る主役です。超人・怪人・変人・極悪人・悪党・人殺し・暴れ者・色男等強烈な個性をもった芝居の主人公が多い中で、この実盛は極めてノーマルな人だと思います。

実盛といえば、芭蕉の一句を思い出します。

むざんやな　甲《かぶと》の下の　きりぎりす（芭蕉　奥の細道）

芭蕉は実盛の甲が祀られている加賀国《かがのくに》小松の多太《ただ》神社を訪れ、世阿弥の謡曲「実盛」の一節「あなむざんやな、斎藤別当にて候ひけるぞや」（さらに元は「平家物語」）を受けてこの句を作りました。目の前の見事な甲ときりぎりす（コオロギ）から白髪を渋墨で染めて戦い討たれた老将の面影へと、芭蕉の世界は広がります。

問18：江戸人は愚にもつかない駄洒落を好んだの？

答18：「論語読みの豊後《ぶんご》知らず」「命の洗濯より褌《ふんどし》の選択」「山高きが故に貴《たっと》からず河深きが故に立って泳ぐ」式亭三馬の「浮世床」は、地口（駄洒落）・諺や成句、古典や芝居の科白のもじり・軽口・無駄口で溢れています。

江戸時代の祭礼の際には地口行灯が飾られ「洒落」を競いました。古典落語の下げも地口落ちが多い。

歌舞伎でも、ほら、あれですよ、黙阿弥作の天衣紛上野初花《くもにまごううえののはつはな》（河内山）。「……家中一統白壁と思いのほかに帰りがけ、とんだところへ北村大膳、腐れ薬をつけたら知らず……」北村の「北」と「来た」を掛けただけの話ですが。ここは「馬鹿め」につながる大変面白いところです。松江邸玄関で大膳が後ろから登場し「御使僧、しばらく」と河内山の帰りを制すると「待ってました」と声をかけたくなるほどです。

閑話休題。いずれにしても「愚にもつかない」は言い過ぎです。「豊かな言語表現」と言い換えをお願いします。

問19：「通俗三国志」とは？
答19：中国明代の長編白話（口語体）小説「三国志演義」の和訳本です。（元禄五年全五十一冊発刊）「通俗」発刊以前、「演義」は、返り点や仮名のついた漢文で読まれていました。

式亭三馬「浮世床」に登場する「鳥屋のちゃぼ助」は、「平仮名混じりに写したのでおいらにもおちかづき」などと胸を張りますが……この「ちゃぼ助」、鳥売りの口上は立て板に水なのに、「通俗」になると勝手が違うようです。

つっかかり、引っかかり、横道にそれ、出鱈目を言ってなかなか前に進みません。「俺の読み方はいいが書き方が悪い」などと言い出し、みんなに笑われてしまいます。他の客は「通俗」を知っていたようです。

「通俗三国志」は江戸庶民にも広く知れ渡った読本でした。

問20：万葉集に菊を詠んだ歌が無い、とは本当か？
答20：本当です。

問21：両国橋は、大川（隅田川）に架かる橋の中で一番古い橋？
答21：両国橋（大橋）の完成は、家康入府間もなく（一五九四年）架橋された千住大橋に遅れること約七十年、明暦の大火から四年後の一六六一年と言われています。大川を挟んで武蔵と下総の二国に架けられたので両国橋と名付けられ、その界隈は浅草と並ぶ、いや浅草を凌ぐ江戸の繁華地として昼夜の遊興で大いに賑わいました。「江戸百」「両国橋大川ばた」及び「両国花火」は往時の賑わいを今に伝えています。

大川の架橋は新大橋・永代橋と続き、吾妻橋（大川橋）が町人の力によって架けられたのは、時代が下った安永三年（一七七四年）のことです。尚、竹屋の（待乳の）渡しや山の宿《しゅく》の（枕橋の）渡しなどは、明治期に入っても存続しました。

問22：「待乳山聖天さま」とは？

答22：飛鳥時代の創建とも伝えられる古刹です。「山」であった待乳山の歴史及び聖天さま信仰についてはお寺のパンフレット等をご覧ください。

参拝の後、境内を出て外の道を一周します。木々がこんもりと生い茂った「江戸期よりさらに小さくなった山」を見上げます。「思っていたより高いな。昔の姿は……」などと隅田川の美景を一望できた往時に思いを寄せます。

待乳山は落語の中でもよくその名がでてきます。例えば三遊亭圓朝作の「文七元結《もっとい》」（歌舞伎でも「人情噺文七元結」として演じられる大作）。左官の長兵衛は娘のお久に頭を下げ涙を流します。その吉原からの帰路、身投げしようとする文七に出会うまでの間、噺家（志ん朝が懐かしい）の声は唄うように流れます。「……大門《おおもん》をそこそこに見返り柳を後ろに見て、土手の道哲《どうてつ》（西方寺）右に見る。聖天の森待乳山、山の宿《しゅく》から花川戸、左へ曲がる吾妻橋」一方、向島の三囲《みめぐり》稲荷辺りから川越しに眺めるのが「和歌三神」。「聖天の森に雪が積もっている。心持ちがいいなあ」

「上州土産百両首」という芝居（松竹新喜劇、歌舞伎の演目にも）があります。正太郎と弟分の牙次郎との偶然の再会と、十年後の約束した再会の場がこの待乳山です。「いい月だなあ」舞台書割《かきわり》（背景）の待乳山にかかる月の美しさが強く印象に残ります。

問23：猿若町《さるわかちょう》とは聞きなれない呼び名だが？

答23：天保の改革による風俗取り締まりのあおりを受け、芝居小屋は、役者や関係者の住居を含めて、明暦時の吉原同様、浅草田圃（野原）に囲まれた辺鄙な場所（元の小出家下屋敷）に移されました。町名は、江戸歌舞伎の創始者、猿若（初代中村）勘三郎にちなみ名付けられました。「江戸百」「猿わか町よるの景」（一一九ページ）をご覧ください。右手前から森田座（安政三年河原崎座全焼、森田座再興）、市村座、中村座。左手には芝居茶屋、操人形二座が並びます。為政者の意に反して賑わっています。

　ここで再びあの名文に登場していただきます。今泉みね「名ごりの夢」です。「あのころの芝居見物」と題し、幕末、家族と一緒に芝居見物をした思い出が語られています。

「きれいな絵巻物でも繰りひろげるような気持ちで、あのころお芝居のことが思い出されます。お芝居といえばずいぶんたのしみなもので、その前夜などほとんど眠られませんでした。一度は床にはいってみますけれど、いつの間にかそうっと起き出して化粧部屋にゆきます。百目蠟燭の灯もゆらゆらと、七へんも十へんもふいてはまたつけ、ふいてはまたつけ大へんです。やがて七つにもなりましょうか。みんなを起こしてそれからが公然のお支度になります。それ着物それ帯といったように、皆の者はあちらにゆきこちらにゆき、立ったりすわったりにぎやかなこと、にぎやかなこと。……。芝や町は猿若町といって、なんでも一丁目二丁目三丁目と小屋もそれぞれにあり、三芝居といったものです。いっしょにあくこともありますが、たいてい狂言は別々で、こちらで忠臣蔵だとあちらはお染久松といった具合でした。通りの両側にのれんをかけたお茶屋がずっと並んでおりますが、ぶらさがった提灯の灯のきれいさ。築地から船にのり船を上りこの町を行くあたりのたのしさと申しましたらもう足も地につかないほどでした。……」

問24：閏七月とは？　江戸時代一年は何日だったの？

答24：かつて人々は日で時刻を知り、月で日にちを知りました。自然（月）と共に生きる人々が、ひと月を月の運行（満ち欠け、新月から満月を経て新月に）に基づいて決めたのは極自然なことです。月は「月」です。晦日に月は出ません。

　ただ、月の朔望《さくぼう》の周期は約二十九・五日で大の月（三十日）小の月（二十九日）合わせて一年は約三百五十四日となり、一太陽年に対して約十一日不足します。そのズレを修正するため約三年に一回、詳しくは十九年に七回閏月を入れました。この年は十三ヶ月となります。

　また、季節との整合性を持たせるため太陽暦に基づく二十四節気を組み入れました。二十四節気が何月何日であるかは年により異なり、一ヶ月程度の幅があったようです。ですので「年のうちに春は来にけり……」年内立春になる年もありました。さらに、動植物や自然を表現する七十二候や日本独自の雑節（半夏生や入梅、八十八夜など）を加え、移ろう季節を知るよすがとしてきました。一八四四年に完成した天保暦は当時世界で最も正確な太陰太陽暦であったと言われています。

　閏月はいつ入るの？

本文でも触れましたが、二十四節気の中（夏至・大暑・処暑・秋分等）を含まない月を閏月としました。

天保暦以降の二十四節気は、天球上における太陽の見かけの経路（黄道）を十五度毎に二十四分割して定められます。例えば、立秋、太陽黄経一三五度、何日何時何分何秒通過。黄道黄経だけでは「閏月の置き方」をうまく説明できません。

では、次の点を念頭に置き、嘉永七年の暦を確認しましょう。計算上、中と中の間隔は、約三十・四日で約二十九・五日より約〇・九日長い。節（立秋・白露等）は、ひとまず無視します。嘉永七年は、処暑が七月三十日、次月に二十九日間の閏七月が入り、秋分が八月二日です。「中を含まない月」が出現したのです。

嘉永七年の中は、霜降九月三日、小雪十月三日、冬至十一月三日、大寒十二月三日と続き、節では十二月十八日、前述の「年内立春」を迎えます。十二月中旬で早くも、「春の気立つ」になるのです。年内立春は珍しいことではありません。因みにこの年は一月七日も立春でした。

中に当たる日は、月の経過とともに徐々に月末に近づき（例えば三月五日穀雨・四月六日小満・五月九日夏至・六月十日大暑）、閏月から三年弱経つと、また中を含まない月が現れます。閏月です。二十四節気の「節」は季節を分け、「中」は月の名前を定めるのだそうです。暦を作った人の叡智には驚き入るばかりです。

次回の閏月は？

安政四年旧暦一八五七年五月（夏至が三十日）の次月で、中（大暑）を含まず閏五月となります。

閏月に関しては、中身がもう少し複雑なのですが（大小暦との関係・天保暦以降の定期法では、秋冬時、中と中の間が短い等）、これ以上の説明は省きます。

古典に親しみ歴史を学ぶうえで、旧暦の基礎知識は欠かせません。明治五年の「改暦の詔」発布により、旧弊の烙印を押された旧暦。その中段下段に俗信が記載された暦註（旧暦に付随）と一括りにされ、千年来の伝統と生活まで全否定されたかのようです。旧暦も、知識として後世に伝えるべき日本の文化の一つであると考えます。

太陽暦に基づく二十四節気

季節	月（旧）	節《せつ》（気）	中《ちゅう》（気）
春	正月	立春	雨水
	二月	啓蟄	春分
	三月	清明	穀雨
夏	四月	立夏	小満
	五月	芒種	夏至
	六月	小暑	大暑
秋	七月	立秋	処暑
	八月	白露	秋分
	九月	寒露	霜降
冬	十月	立冬	小雪
	十一月	大雪	冬至
	十二月	小寒	大寒

問25：「後の月、九月の十三夜は栗名月」とは？

答25：旧暦九月十三日の月は、二度目の秋の名月として賞美されました。折から収穫期を迎える栗や大豆をお供えするので、中秋の名月の「芋名月」に対し「栗名月」または「豆名月」と呼ばれました。後の月（九月）十三夜の月見の風習は、中国から伝来したものではなく、日本独自のものだといわれています。

　樋口一葉の短編小説「十三夜」は、美貌の娘お関が突然実家を訪れるところから物語が始まります。両親は「今宵は旧暦の十三夜、旧弊なれどお月見の真似事に団子をこしらへてお月様にお備へ申せし、これはお前も好物なれば少々なりとも亥之助に持たせて上《あげ》やうと思ふたけれど、亥之助も何か極《きま》りを悪がつて其様な物はお止《よし》なされと言ふし、十五夜にあげなんだから片月見《かたつきみ》に成つても悪るし、喰《た》べさせたいと思ひながら思ふばかりで上《あげ》る事が出来なんだに、今夜来て呉れるとは夢の様な……」とお関を喜んで迎えますが……さやけき月の夜、車夫は「お下《お》りなすって」と言い出して……

珠玉の随筆もあります。偶然出会いました。その作品の一節を紹介します。幸田文《あや》（幸田露伴の次女）の「月の塵」（講談社刊「月の塵」より）です。

「秋の月はいうまでもなく美しさ極上。それものちの月ともなればひと際、きよく美しい。ちょっと肌につめたい夜気、すすきほうけて、みやまりんどうは色が濃い。おさけのぐんとおいしい季節だし、人も恋しい季候である。」

和歌や俳諧の世界ではどうでしょう。

平安中期の能因法師が「九月十三夜の月をひとりながめて思ひ出侍りける」として次の歌を詠んでいます。

さらしなや姨捨山に旅寝してこよひの月を昔見しかな（新勅撰集）

平安後期の西行法師も、「九月十三夜」として

雲きえし秋のなかばの空よりも月は今宵ぞ名におへりける（山家集）

「名におへり」は「名に負へリ」で「名にふさわしく素晴らしい」の意です。

最後は松尾芭蕉です。

木曾の痩せも　まだなほらぬに　後の月（笈日記）

余談になりますが、月は地球の自転軸を安定させる大きな役割を果たしており（ＴＶ科学番組より）、月が存在しなかったならば、地球は死の星になっていた可能性すらあるそうです。

――月の輝き、命の輝き、月の満ち欠け、命の連なり――

月のことなど眼中に入らない気忙しい毎日かもしれませんが、どうでしょう、秋（冬）の夜空に浮かぶ丸い月をぼんやり眺める、たまには、そんな無駄な（？）時間があっても良いのではないでしょ

うか。

問26：それでは「二十六夜待」とは？

答26：旧暦の一月と七月の二十六日、月の出を待って拝む行事です。

月の出は、十六夜・立待・居待・臥待（遅いなあ、寝て待つか）……と、約五十分ずつ遅くなっていきます。二十六日の夜半過ぎ、空が白み始めるのではないかという頃、やっと東の空に眉のように細い月が昇ります。するとと、月の光の中に、なんと阿弥陀三尊（阿弥陀如来・観音菩薩・勢至菩薩）のお姿が現れるというのです。万治期（一六五八年）頃からの習慣と言われ、当時は、善男善女が念仏を唱えて月の出を待ったようです。時代が下ると一般人も加わり、いつしか遊興の行事になりました。

岡本綺堂の「月の夜がたり」の冒頭です。

「E君は語る。僕は七月の二十六夜、八月の十五夜、九月の十三夜について、皆一つずつの怪談を知っている。

或る落語家《はなしか》は、師匠のおかみさんに、「今夜は二十六夜さまだというから、おまえさんも拝みに行っちゃあどうだえ。」と教えられ、涼みがてらに宵から出かけます。

「彼はまず湯島天神の境内へ出かけて行くと、そこには男や女や大勢の人が混みあっていた。その中には老人や子供も随分まじっていた。今とちがって、明治の初年には江戸時代の名残りをとどめて、二十六夜待などに出かける人たちがなかなか多かったらしい。」

江戸時代、高輪や品川の海岸には多くの人が集まり、料亭・料理屋は繁盛し、屋台・行商も出て大賑わいでした。浮世絵にも多数描かれています。一例として、歌川広重「東都名所年中行事七月高輪廿六夜」があります。

蛇足ですが、「日の出前、東の空に残る逆三日月」は「日の入前、西の空に現れる三日月」の裏返しなのだと、今気が付きました。

問27：三遊亭圓朝（本名次郎吉、二つ目時の名が橘家小圓太）とは？

答27：あまりに偉大で今に至るもその名が引き継がれることがない大名跡です。岡本綺堂の随筆「寄席と芝居と」第一章「高坐の牡丹灯籠」より次の文を引きます。

「……ところがいけない。圓朝がいよいよ高坐にあらわれて、燭台の前でその怪談を話し始めると、私はだんだんに一種の妖気を感じて来た。……ところが、それを高坐で聴かされると、息もつけぬ程に面白い。……老武士の風貌を躍如たらしめる所など、その息の巧さ、今も私の耳に残っている。團十郎もうまい、菊五郎も巧い。面《しか》も俳優はその人らしい扮装をして、その場らしい舞台に立って演じるのであるが、圓朝は単に扇一本を以て、その情景をこれほどに活動させるのであるから、実に話術の妙を竭《つく》したものといってよい。名人は畏るべきである。……」

圓朝は、言文一致運動にも大きな影響を与えました。幸田露伴は明治文学に最も功績のあった人として圓朝と河竹黙阿弥の名を挙げています。坪内逍遥は文体を模索し苦悩していた二葉亭四迷に「怪談牡丹灯籠」の速記本の文体の通り書くよう勧めました。

問28：本文中、二つ目小圓太の演じた落とし噺は？

答28：「孝行糖」を参考にしました。「孝行糖」は上方落語なので、本文にそのまま使う訳にもいかず、簪を絡めた三題噺に作り替えました。尚、落語「芝浜」は三題噺を得意とした圓朝の原作と言われています。

「孝行糖」は三代目三遊亭金馬が得意としていた演目の一つです。「昔々唐土の二十四孝のその中で……孝行糖の本来はウル（粳）にコゴメ（小米）の寒晒し。カヤ（榧）にギンナ（銀杏）ニキ（肉桂）にチョウジ（丁字）チャンチキチン、スケテンテン……」調子の良い口上が実に楽しい。三代目はギンナンではなくギンナと演りました。近頃寄席で「孝行糖」が演じられていないようです。寂しい限りです。

うめ香が前座小圓太から習い披露した噺は、ご存知の落語「稽古屋」です。下げを簡略化しました。「稽古屋」も上方落語ですが、こちらは小圓太の父圓太郎が、既に江戸で前座噺として創作していた（フィクション）、ということでご了承ください。

問29：大川と隅田川は同じ川？
答29：同じ川です。しかも（当時の）荒川（の下流）が正式名称です。（現在の荒川区に荒川が流れていた！）千住大橋付近から吾妻橋周辺までは隅田川、吾妻橋より下流が大川と呼ばれていました。また、浅草付近では落語でお馴染みの宮戸川あるいは浅草川との呼称もあります。

因みに現在の荒川は秩父山地を水源とする全長百七十㎞を超える一級河川ですが、北区の岩淵水門より東京湾河口までは、大正から昭和初期にかけて建設された荒川放水路を本流（途中入間川等と合流）としています。一方、現在の隅田川は正式名称であり、荒川水系の支流として独立した一級河川

（岩淵水門で新川岸川と合流、後、石神井川・神田川・日本橋川と合流）となっています。

問30：当時はトコロテンまで売りに来たの？

答30：式亭三馬「浮世床」に菓子売りが登場します。

また、ある客が、居候の飛助（とんでもない男）に関してこのような事を言います。「唐辛子などというものは、家毎に沢山要るものじゃないが、それでも家業として成り立ってしまう。これほど有難い江戸にいて渡世の出来ない奴は、本（当）に意気地なしだ」唐辛子売りも、何とか食べていけたのかもしれません。唐辛子売り、水売り（本所や深川など中の一部地域では必需）や、（踊りながらやって来た）ところてん売りなどは江戸時代の行商の中で決して珍しいものではなかったようです。

それでは行商の種類はいくつあった？

笹間良彦氏書画「大江戸復元図巻」（庶民編）をみますと、画になっているものだけで百五種類を数えます。本文に登場した「薄売り」などは含まれていないので、細かく分類すれば種類数はもっと増えるかもしれません。

行商とは物売りだけではありません。研ぎ屋・鋳掛屋などの修理職人がいます。さらに当時は徹底したリサイクル社会、屑屋・灰買い・空樽買いなどの買い取り業者の存在を忘れることは出来ません。

当時の江戸の町は、朝の「なっと、なっとー、なっと」から夕方の「とうふーい」さらに夜の「なーべやーきうどーん」まで一日中売り声が響いていたようです。

この情緒あふれる「江戸売り声」を今の世で実演する人がいます。その第一人者が宮田章司師匠です。そうそう、先日も寄席の高座で師匠の「七色唐辛子」を聞きました。「とんとん唐辛子、ひりりと辛いが山椒の粉、すはすは辛いが胡椒の粉《こ》……」ではなくて、「七色（七味ではない）」を調合する時の口上です。「……江戸薬研堀の七色唐辛子。まず最初に入れますのは武州川越の名産黒胡椒……紀州は有田のミカンの皮、これを一名陳皮と申します……江戸は内藤新宿八つ房が焼き唐辛子……」当たり前の話ですが「江戸売り声」に関しては「（活字）百見は（生の声）一聞に如かず」です。

本文執筆に際して、私はこんなことを夢想しました。

――江戸の音と声で埋め尽くしたい――

「音」といえば三味線の音を、「声」といえばまず江戸の売り声を思い浮かべます。

天秤棒を担いで売り歩いた人々は、皆経済的には貧しかった、でも、どうでしょう。彼らの暮らしは「豊かだった」とは言えないでしょうか。

「浮世床」の菓子売りは、お客の求めに応じて「おらんだようかん本ようかん、最中まんじゅうに羽二重もち、いまさか渦巻かのこもち……咽の奥までひょこ、ひょこひょこするのが山椒もち……」と「毎日呼び歩く口上」を改めて大声で披露し、ヤンヤヤンヤの喝采を浴びます。菓子も売れました。

それぞれに特色のある売り声は、人々に時や季節を知らせ、江戸の町を活気づけたことでしょう。私は「売り声」から、息・意気・粋・往き・活き・生きなどの言葉を連想します。

問31：「逢うて別れて別れて逢うて泣くも笑うも……」の都々逸が記載された茶湯一会集の完成は安政五年（一八五八年）では？

答31：井伊直弼の「茶湯一会集」が完成発行する以前に、この歌は既に出来ており茶人達の知るところであった、ということでご了承ください。

問32：北信濃へ「碓氷峠を越え追分宿から北国街道」とあるが、追分宿までは？

答32：板橋・蕨・浦和・大宮……と中山道《なかせんどう》を進みます。中山道といえば、碓氷峠・和田峠・鳥居峠・木曽路が思い浮かびます。木曽路といえば……

「木曾路はすべて山の中である。あるところは岨《そば》づたいに行く崖の道であり、あるところは数十間の深さに臨む木曾川の岸であり、あるところは山の尾をめぐる谷の入り口である。一筋の街道はこの深い森林地帯を貫いていた。……鉄砲を改め女を改めるほど旅行者の取り締まりを厳重にした時代に、これほどよい要害の地勢もないからである。この谿谷《けいこく》の最も深いところには木曾福島の関所も隠れていた。東山道《とうさんどう》とも言い、木曾街道六十九次とも言った駅路の一部がここだ。この道は東は板橋を経て江戸に続き、西は大津を経て京都にまで続いて行っている。東海道方面を回らないほどの旅人は、否《いや》でも応《おう》でもこの道を踏まねばならぬ。一里ごとに塚を築き、榎《えのき》を植えて、里程《りてい》を知るたよりとした昔は、旅人はいずれも道中記をふところにして、宿場から宿場へとかかりながら、この街道筋を往来した。馬籠《まごめ》は木曾十一宿の一つで、この長い谿谷の尽きたところにある。西よりする木曾路の最初の入り口にあたる。そこは美濃境にも近い。」

島崎藤村「夜明け前」冒頭の有名な一節です。自分の理想と時代（幕末から明治）の流れに翻弄された青山半蔵の物語は、藤村の生まれ故郷馬籠を舞台にして、名文と共に静かに始まります。

険しい山道が続く木曽路（中山道）は人馬往来の難所でした。一方で、江戸を目指して東海道草津宿より山道へ向かうこの中山道は、大井川・天竜川・富士川などの「川止め」の心配が無く、宮・桑名間などの船旅の必要が無いという利点もありました。

京の公家や宮家の娘、皇女が将軍の御台所（正室）になるため江戸へ向かいますが、その多くが（九代将軍家重・比宮増子《なみのみやますこ》、十代家治・五十宮倫子《いそのみやともこ》、十二代家慶・楽宮喬子《さざのみやたかこ》、十四代家茂・和宮親子《かずのみやちかこ》）東海道ではなく、中山道を通行しました。

浮世絵揃物「木曾街道六拾九次」は、結果的に画風の異なる作家の連作となっており、大変興味深いものがあります。美人画で名をはせた渓斎英泉が二十四図を描き、手を引いた後、広重が引き継ぎ四十六図を描いたのです。

昔の中山道宿場町の世界に親しむにはどうしたらよいでしょうか。文豪の名作に挑戦する、絵を鑑賞する、大いに結構なことです。もう一つ手段がありますが、さて何でしょう？

実際に訪ねてみては。妻籠・奈良井だけでなく、和田・下諏訪（甲州道中と合流）・福島・馬籠・中津川・大井・太田・赤坂……いや、すべての宿においてでしょうか、往時を偲ぶ建造物や資料等が残されています。

問33：放生会とは？

答33：生命をいつくしみ殺生を戒める宗教（仏教、神道も）儀式です。捕まえた鳥獣や魚を放します。

「南無三宝夜が明けた。身どもが役は夜の内ばかり。明くれば即ち放生会。生けるを放つ所の法。恩に着ずとも勝手にお行きゃれ」歌舞伎「双蝶々曲輪《ふたつちょうちょうくるわ》日記《にっき》・引窓」の山場での有名な科白です。与兵衛（亡父の名跡、郷代官南方十次兵衛に）は放生会になぞらえて継母の実子である科人の濡髪《ぬれがみ》

（大坂の力士）を解き放します。縛り縄が切れてガラガラガラ、引窓（紐で開閉する天窓）が開き、「夜が明けた」、観客は心の中で、引窓から煌々と差し込む月の光、暁光と見まごう月の光を感じ取ります。心の眼に月の光を映し、芝居は余情あふれる大詰めを迎えます。

尚、「江戸百」「深川萬年橋」では亀が吊り下げられていますが、功徳のある人に買われ二度と捕まらないよう遠くに放されることでしょう。

問34：一八五三年、世界での大きな出来事は？

答34：十九世紀最大の国際戦争、クリミア戦争の開始です。クリミア戦争の構図は、ロシア（大国、南下政策、不凍港が欲しい！　結果は敗北失敗）対オスマントルコ帝国（老大国、戦後さらに弱体）プラス英（大国、圧倒的海軍力）仏（大国）となります。トルコでは支配下の諸民族の独立運動が活発になっていました。民族主義の高揚です。英・仏はロシアの南下政策を阻止するため、トルコ支援の強力連合を組んだのです。途中からサルデーニャ（小国、後のイタリア統一運動の中核）も参戦し、クリミア半島セヴァストーポリの要塞攻撃に加わりしました。パリ（講和）条約のみにかかわったプロイセン（やはり大国か、後にドイツ帝国が成立）は、急速に工業化を進め国力を高めています。

新興の中級国である米が、日本に艦隊を派遣しやすい状況にあったのかもしれません。一方江戸幕府幕閣も国際情勢は充分に把握しており、冷静に対米対露交渉にあたった、と言えるかもしれません。

クリミア戦争は「近代戦争の幕開け」とも言われる大変悲惨な（一年弱に及ぶ露軍の籠要塞、寒さとコレラ、戦病死者も多数）戦争でした。ナイチンゲールが活躍し、後の万国赤十字社成立につながります。クリミア戦争により、その礎石の欠片が残っていたかもしれない「ウィーン体制」（ナポレオン戦争後の国際秩序）が完全に崩壊し「大規模国際戦争の時代」を迎えることになります。

二十六歳のトルストイも砲兵少尉補として従軍し（最前線の要塞入り）、小説「セヴァストーポリ（八十四年十二月・八十五年五月・八月における）」を書きました。

「朝やけはようやく今、サブン山上の天際をいろどりはじめたばかりである。」（中村白葉訳）

「十二月」の冒頭です。「十二月」は自然描写で始まり、きみ（読者）にセヴァストーポリを見せ、「もうたそがれてきた。……」と、自然描写で終わります。そして、「五月」さらに「八月」へ、兄と弟ウォロージャが話の主人公になり……

「ウォロージャが立っていた場所には、外套を着たなにかがうつぶせに倒れていて、……」

問35：「うめ香」どこかで聞いたことのある名だが？

答35：俗曲の檜山うめ吉師匠の名から二字を勝手にいただきました。

うめ香はあまりに出来過ぎで、八重が想像上で作り上げた、とまでは言わなくても、八重が多分に脚色した人物かもしれません。このうめ香との出会いがなければ八重が茂里徳に入ることはなく、八重がいなければ仙路は源次と巡り会うことはなかったでしょう。

仙路は、源次の知己を得て、大きく道が開けたようです。江戸が江戸と呼ばれる時間は後そう長くはありませんが、仙路は「山の神」に尻を叩かれ、源次や勝五郎の励ましを受けて、激動の時代をたくましく乗り切っていくことでしょう。

番外の問：待宵《まつよい》月とは？

答：小望《こもち》月とも言います。満月の前夜の月で、日没前に東の空に姿を現し、夜明け前に西の空に沈みます。「これから満ちていく月」は「満月以降の欠けていく月」とは異なり、月の出は見えません。

私の飲み友達のＢ君は、新しい歌（今時の意ではなく、初めて聞く意外な歌）に好んで挑戦します。昨夜は、伴奏がいつになく軽快で、松任谷（荒井）由実さんの「十四番目の月」でした。無謀な挑戦を受けなければ名曲のようです。歌詞も素晴らしい。奇縁を感じましたので、急遽この項を原稿に加えることにしました。

荒井由実作詞「十四番目の月」より、

〽つぎの夜から　欠ける満月より　十四番目の月が　いちばん好き

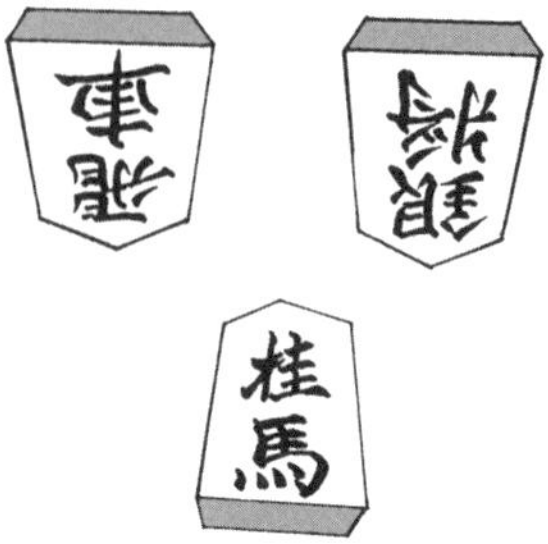

初午祭

あとがき

それは「江戸百」「両ごく回向院元柳橋」（四二ページ）から始まりました。

富士山よりはるか高く、絵の天辺に掲げられた白い布、これは一体何だ？　神の依代？　何と呼ぶのか分からない。解説本を読む。回向院・天明の大火・勧進相撲・相撲櫓・梵天・筆者誕生百年前の優勝者・雲竜・元柳橋・柳橋・神田川河口・薬研堀・荷足船・富士山……言葉が出て来て連想の輪も広がるが、どこかあやふやで確信が持てない。霧がかかったようですっきりしない。江戸についての基礎知識がほとんど無かったのだ。図書館に通い、「江戸百」を通しての江戸と江戸文化・風俗の俄か学習が始まった。霞かせき・飛鳥山北の眺望・鎧の渡し小網町・浅草川大川端宮戸川・よし原日本堤・大伝馬町木綿店……学習した図が三十点を超えると、一冊のノートが走り書きのメモで一杯になった。

この雑記帳を前にして「何か書ける、そうだ小説だ」と本気で思ってしまいました。厚顔無礼を深謝。

付録として本書執筆に関連した資料等と「江戸百」中、既に挿絵として使用した図以外で面白いと思われる図を六点、加えて川瀬巴水《かわせはすい》の版画四点を載せます。

旅の版画家、川瀬巴水は、その名の通り、大正から昭和にかけて全国を旅して、「趣が深い」場所・「古い物語りの本でも見るような」一瞬・「淋しみの翳濃いもの」（巴水）を丁寧に写生し、その写生の中から六百点に及ぶ風景版画を残しました。巴水は「旅情詩人」「昭和の広重」などと呼ばれ、欧米での評価が高いようです。広重に北斎を加えてスリーHと言われることも。巴水の風景版画は、国内でも近年とみに人気が高まっています。

巴水自身は「半雅荘随筆」の中で次のように述べています。「知り過ぎてゐるからかも知れませんが、広重の風景画を模倣追随などしません。広重よりどちらかと言えば、明治の小林清親の方が好きです」確かに巴水と広重の接点は見いだせません。

ですが私には、技法はともかく、巴水の版画にも広重が描いた風景世界が引き継がれているように思えてなりません。さらに、広重が「常に好んだ山水のけしき」（広重死絵より）は、今の日本にも、昔懐かしい原風景の中に、私たちの心象風景の中に生き続けている、と思います。

人工の光が溢れる現代ですが、昔と変わることのない夕暮れ、月夜、星夜、そして闇の夜が、私たちの暮らしの傍らにも存在しているはずです。

一日の終わり……一日の始まり。夏の終わり、秋の始まり。めぐりめぐる時の流れ、穏やかにゆっくりと……

「よっ、仙路。仕事も一区切り、どうでい、カミさん餓鬼どもひっくるめて箱根でも行かねえかい。なに、朝から何も考えずにボーと湯に浸かるのさ。ヘボ将棋の相手もするぜ」

上原　照章

二〇一五年八月

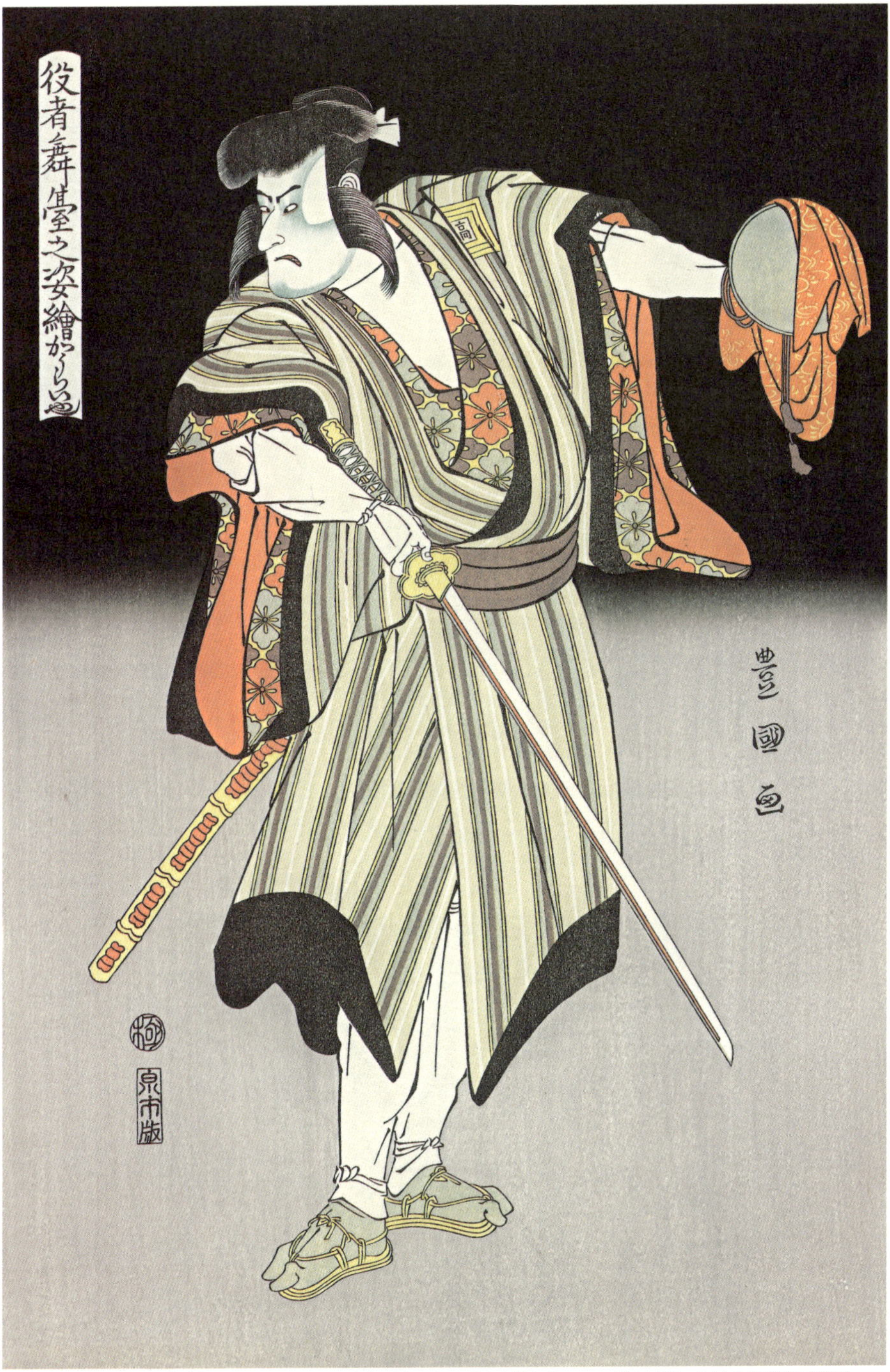

役者舞台之姿絵かうらいや（高麗屋）歌川豊国　アダチ版画研究所復刻版

芝居（歌舞伎）見物は江戸娯楽の花。本図の役者は三代目市川高麗（こま）蔵。後の五代目松本（鼻高）幸四郎。

お地蔵様と村の子供達　林家正楽師匠
池袋演芸場にて

お月見　林家正楽師匠
池袋演芸場

月の兎　林家今丸師匠
浅草演芸ホール

お御輿　林家花師匠
池袋演芸場

江戸娯楽の雰囲気を今に伝えるものの一つとして寄席がある。落語の前座から始まって主任（最終）（たまに講談の時も）に至るまで落語の間に色物（漫才・漫談・コント・パントマイム・物まね・俗曲・曲芸・曲独楽・太神楽・奇術など）が入って楽しい。TV で見るのとは別の世界、紙切りも色物の一つだ。

指月布袋画賛　臨済宗の禅僧　仙厓（1750～1837）

「を月様幾ツ、十三七ツ」これは、当時誰もが知っている子守唄であった。

坐禪蛙画像　仙厓

出光美術館で賛の註を見て非常に驚いた。「坐禪して人か佛になるならハ」（座禅して人が仏になるならば）弟子に向けた含蓄のある教えなのかもしれないが、それにしても禅宗で・・本書の主人公「仙路」の「仙」は仙厓和尚からいただいた。

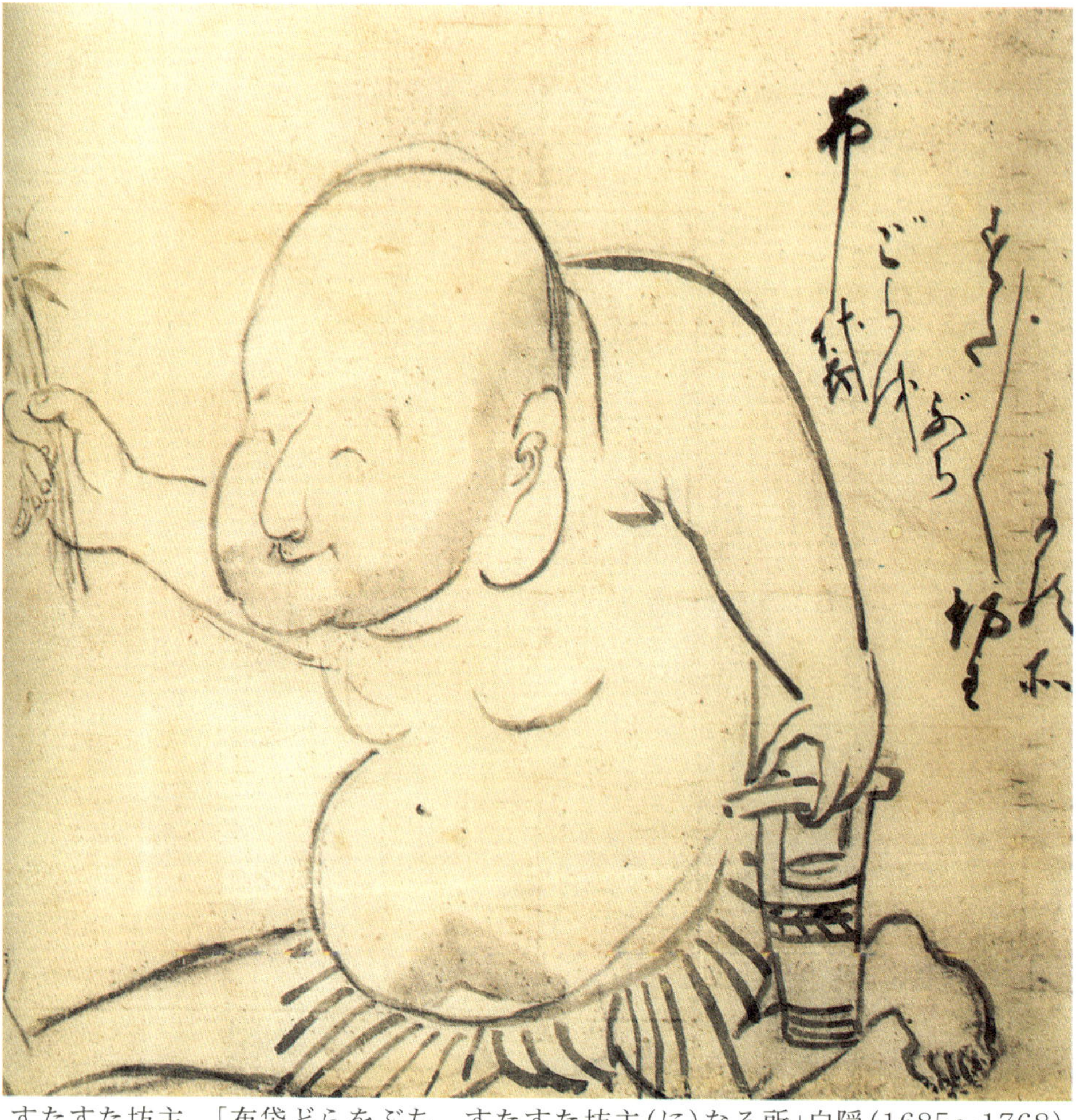

すたすた坊主　「布袋どらをぶち　すたすた坊主(に)なる所」白隠(1685～1768)

白隠は臨済宗中興の祖と呼ばれる禅僧。若き日の白隠は、信州飯山の正受庵を訪ね、正受老人、道教慧端からの厳しい修行に耐えた。

何丸像　守村抱儀画　二条家から拝領した装束を着用。

本書第四章執筆に際し、何丸翁顕彰保存会発行「何丸　文化・文政の俳学者」を参考にしました。また保存会事務局長徳永清様には講話等を通じて多岐にわたりご教授いただきました。深く謝意を表します。

長野市吉田辰巳池（水鳥公園）句碑。

「春の夜や　流れてあるく　鴨の声」何丸句碑建立など何丸顕彰保存活動は、吉田町の町おこしの一環として行われています。

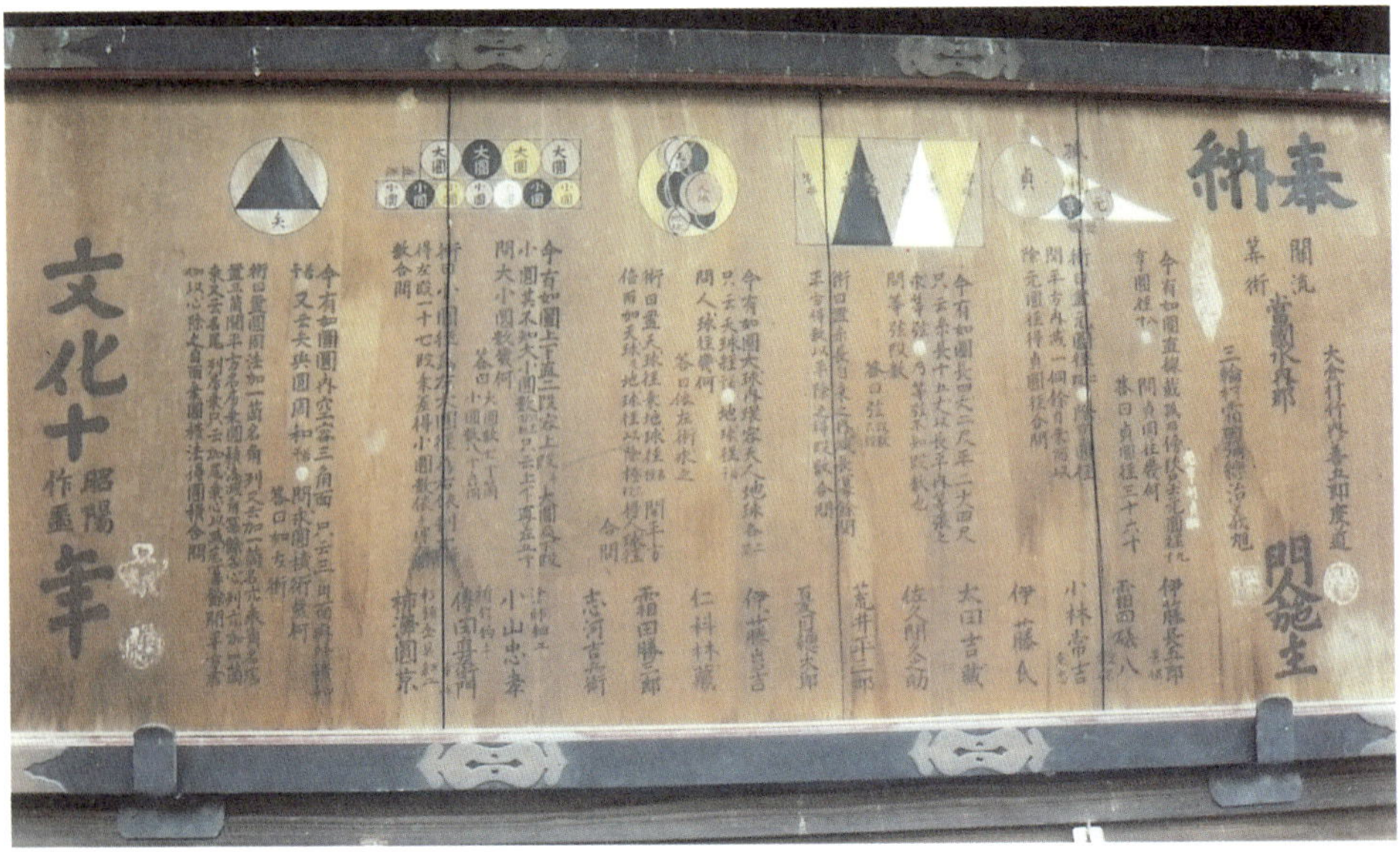

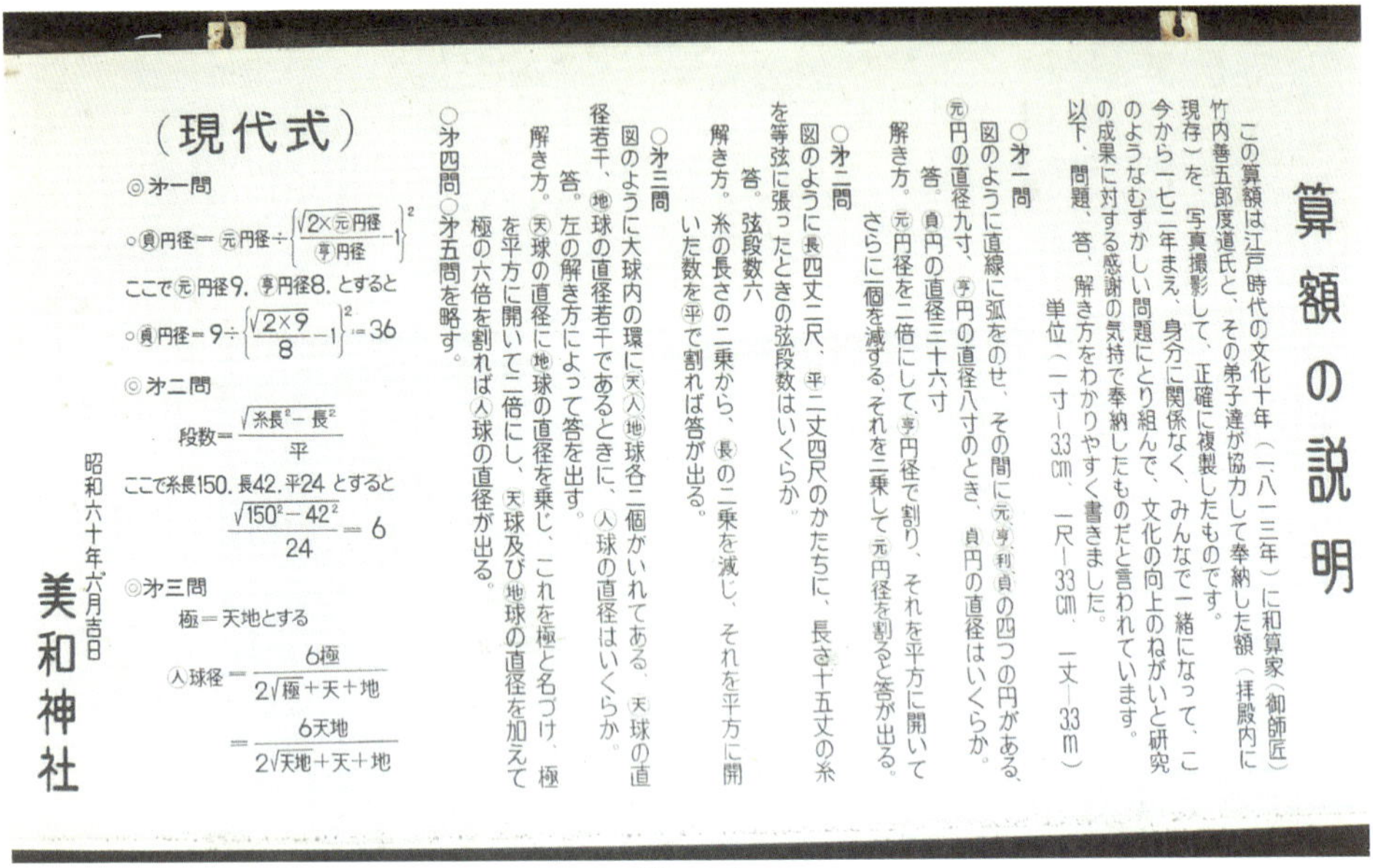

算　額

美和神社（長野市三輪）に奉納され、複製が拝殿回廊に掲げられている。奉納年は文化十年(1813 年)。17 世紀後半からの算術ブームは地方にまで及んだ。

「江戸百」水道橋駿河台

水道橋のすぐ下流には井之頭池に水源を発し江戸市民の飲料水を運ぶ懸樋が架かっていた。さらに下流は昌平橋から筋違御門へ。駿河台は江戸市中で最も高い台地だった。

「江戸百」日本橋江戸ばし

広重は日本橋を数多く描いている。一番有名なのが保永堂版「東海道五拾三次之内朝乃景」。次いで「江戸百」の巻頭「日本橋雪晴」。東都名所「日本橋雪中」は夜の日本橋が美しい。で、この絵は？擬宝珠と欄干？右下の桶の中は鰹か。魚屋は？

「江戸百」月の岬

解説本には「宴の後の静けさ」とあるがはたして。残った芸者、裸の三味線、灯がついたままの行灯、手をつけていない大皿の料理、無造作に置かれた煙草盆やお猪口、遊女は？外は満月に雁、漁船、客は？

「江戸百」浅草田圃酉の町詣

今日は鷲明神の酉の市。浅草田圃の中、熊手をかついだ参拝客の列が延々と続く。太った猫、手拭い、湯呑み、客からの贈り物か、熊手の形をした簪。この絵から妓楼の暗い印象は受けない。

「江戸百」浅草金龍山

浅草寺雷門から山門と五重塔を望む。現在は本殿（観音堂）に東京新橋（料亭芸妓）組合が奉納した「志ん橋」の大提灯が掛かっている。

芝公園の雪　川瀬巴水　渡邊木版美術画舗新版画後摺り

雪景色の中の朱塗りの門と緑の傘が鮮やかだ。芝公園は元々増上寺の敷地内であり、増上寺は寛永寺（天台宗）とともに徳川将軍家の菩提寺（浄土宗）であった。巴水は風景画の中に人を描くことも多い、主に一人から三人、後ろ向きで。

「江戸百」真乳山山谷堀夜景

真乳山は待乳山のこと。（江戸時代は漢字使用におおらか）広重画は他に「待乳山上見晴之図」「真土山之図」「真乳山晴嵐」「今土橋真乳山」「真乳山」など。

荒川の月（赤羽）川瀬巴水　渡邊木版美術画舗新版画後摺り

雲を散らして、さやかな光を放つ満月と、川面に漂う光の筋が美しい。川の流れは静かだ。苫屋での団らんの夕食はこれからか。穏やかな日々が続きますように。

牛堀の夕暮　川瀬巴水　渡邊木版美術画舗新版画後摺り

牛堀は霞ケ浦の出入り口に位置し、江戸時代より水上交通の要衝であった。巴水は他に「牛堀」「雨の牛堀」「牛堀渡し船」さらに潮来の風景を多数描いている。

京都清水寺　川瀬巴水　渡邊木版美術画舗新版画後摺り

空に星二つ、おみあかしがぼんやりで、街の灯も遠い。だが、明るい。欄干の影が映っている。月の夜だ。月の光が清水の舞台を照らしている。

著者略歴

上原　照章（うえはら　てるあき）

1953年　長野市生まれ

　　　　長野市在住（東京勤務通算６年のみ）

1972年　県立長野高等学校卒業

1977年　早稲田大学法学部卒業

　　　　シナノケンシ㈱、㈱ジャックス、三井住友海上火災保険㈱、㈳日本損害保険協会勤務

2014年　退職

趣味　　　将棋（免状初段、自称二段格）

　　　　　早朝早歩き（朝食前に20分～90分間）

読書　　　宮城谷昌光氏の古代中国時代小説

　　　　　辻邦生氏　背教者ユリアス、フーシェ革命暦など

夢路往《ゆめじゆ》く

2015年11月20日　　　　　　第１刷発行

著　者　上原　照章
〒381-0044
長野県長野市中越１-15-４

発行所　信毎書籍出版センター
〒381-0037
長野県長野市西和田１-30-３
TEL　026-243-2105
FAX　026-243-3494
印　刷　信毎書籍印刷株式会社
製　本　株式会社渋谷文泉閣

ISBN978-4-88411-134-2